友達
さんと
陰
恋をすると
どうなるのか？

Oneesan to Inkya ga
Koi wo suruto
dounarunoka?

おかゆまさき
イラスト 長部トム
キャラクター原案・漫画 まめぇ

南条《なんじょう》サクヤ
この物語のヒロイン。
ことあるごとに弟の親友である
レイジをからかっては満足げにしている。
平宮《ひらみや》レイジ
この物語の主人公。
アヤトの家に遊びに行っては、
待ち構えているサクヤに
イタズラを仕掛けられている。

岡《おか》田《だ》ユキオ
街の半グレ集団に
所属する(?)
強さに憧れる
ちょっとアレな高校生。
南《なん》条《じょう》アヤト
サクヤの弟にして
レイジの親友。
チャラそうな見た目だが
その裏の顔はというと…!?
岡《おか》田《だ》ミズズ
ユキオの妹で
レイジたちのクラスメイト。
明るく気さくなギャル風味。

バスルームのドアが開く。

立っていたのは、
服を脱いだサクヤさんだ。

「入るわよ」

「えっ？」

「ちょっ⁉」
洗い場に入ってくる
友達の姉を見て、
レイジはさらに混乱する。
「水着⁉」
「裸で来るわけないでしょ？
え？　それとも
裸がよかったの？」

「付き合って！」
告白したと同時に、サクヤはレイジにギュッと抱きついた。
「！」
腕の中でレイジがもぞもぞと動く。

「ちょ……当たってます！」
「そんなの関係ないから‼
付き合ってくれるって
言うまで離さない！」

CONTENTS

Tomodachi no
Oneesan to Inkya ga
Koi wo suruto
dounarunoka?

ダッシュエックス文庫

友達のお姉さんと陰キャが恋をするとどうなるのか？

おかゆまさき

というわけでキャラ同士の関係性を解説しちゃうぞ!!
ぴーすぴーす
まずレイジと俺、アヤトは小さい頃からの幼馴染みで親友!!
で、これが俺の姉貴!!
俺とレイジとはよく3人で遊んでたから実はレイジとも幼馴染み!!
んで、物語の最初はこんな感じの関係!!
ざっくりそうかんず
ふふん
好きぃ…!!
(でもスナオになれない)
こわい…!!
姉貴ィ!!
弟ォ!!
友よ!!
親友&幼なじみ!
トンッ
ちなみにオレも大活躍だぜぇ!?
ドヤァ
お兄ちゃん!?
イラッ
ガッ
この関係がどう変化していくのか続きは本編で★
ギリギリ
ギッギギ

前編 Part 1

Tomodachi no Oneesan to Inkya ga Koi wo suruto dounarunoka?

この物語の主人公、平宮《ひらみや》レイジの耳から、

「だめじゃ、陰《いん》キャはリアルの恋などしてはならぬのじゃ……ぐふっ……！」

というクラスメイトが昼休みに発した言葉が、いつまで経《た》っても消えないのはなぜ？

『それは俺がちょっとブサイクな陰キャだからだろうなぁ』

レイジは最寄《もよ》り駅に到着した電車からホームに降り立ちながらそう結論づけた。

気を許し合うクラスの陰キャフレンズの初恋が、今日終わった。

電車の扉を開けるために練られた圧縮空気と一緒に、レイジは息をつく。

失恋してしまったのはレイジの陰キャフレンズのひとり。

彼の名は伊藤《いとう》ユウタ（仮名）。

彼はフィギュア好きの健全なオタク高校生であった。

誇り高き陰キャである彼はもちろん、この歳《とし》までリアルな人間に恋などしたことはなかった。

だが不幸にも、彼は校内でも有名な美少女に、あろうことか惚《ほ》れてしまったのだ。

きっかけは単純。その美少女Aはモデルだった。

そしてとある青年誌のグラビアに、伊藤ユウタの大好きな二次元キャラのコスプレ衣装で掲《けい》載《さい》されたのだ。

レイジもそのグラビアを見たときは一瞬、美少女Aに見惚《みと》れてしまった。

だが、相手はれっきとした三次元存在。

主人公たるレイジはすぐに正気に戻ることができた。

だが彼の友人、ユウタは行ったまま、帰ってこれなかった。

すでに彼はリアル等身美少女のフィギュアたる美少女Aに、深く落ちてしまっていたのだ。

そして瞬殺《しゅんさつ》された。

……会話なんてできない。でも興味はもってもらいたい。

伊藤ユウタは、美少女Aが扮《ふん》したキャラのフィギュアを持参し、わざわざ学食の彼女の席付近のテーブルで展開したのだ。

これを見た彼女はきっと興味をもって声をかけてくれるに違いない。

『あ！　それってこないだ私がコスプレしたキャラだよねっ！　キミもそのキャラ好きなの？　だったら今度、私と秘密の個別撮影会……してみない？』

とかとか……！　はぁぁ～～っ!!

はたして実際の結果はいかに？

確かに美少女Ａはそのフィギュアに反応した。

一言、

「うわっ！　キモ!!」

と。

黒い歴史が、また一ページ。

レイジも至近《しきん》でその言葉を友人と一緒に食らってしまったひとりだった。

その直後にユウタが放った言葉が、今もレイジの頭の中から離れないあのセリフである。

『だめじゃ、陰キャはリアルの恋などしてはならぬのじゃ……ぐふっ……！』

駅の改札を抜けるレイジ。

コンビニで三個のプリンが一つになったお得パックを買った今もリフレインが止まらない。

恋など。

恋などレイジを含む陰キャフレンズたちには無縁《むえん》の光なのだ。

世間《せけん》は陰キャに冷たい。

……いや、興味がない。

そして興味がないものに対して、世間は一般的な人間判定を……与えない。

レイジは世界史で習った一神教の振る舞いを思い出す。

同じ光の神を信じるエリアにいなければ、つまり陽《よう》キャでなければ、人にあらず。

そして人でないものには、結構な勢いでナニをしてもいい。
それがこの世界なのだ。
「切ない……」
レイジはお昼休みに友人に向けられた心ない言葉を、どうにか振り切ろうと前を向く。
――そう、光の民、陽キャの中にも例外はいる。
平宮レイジにとって、それは幼馴染《おさななじ》みの南条《なんじょう》アヤトだ。
アヤトはいわゆる陽キャ族だが、小さな時からレイジとずっと友達でいてくれていた。
そういう例外も、あるにはあるのだ。
レイジは今、そんなアヤトの家に向かっていた。
彼とは幼い時から仲が良く、休日にはよく泊まりに行くほど。
今日は金曜日。
こうやって金曜の夜から休日にかけて連泊することも珍《めずら》しくない。
昔から通い慣れた道を進み、青い屋根の一軒家の前にたどり着く。
インターホンは去年、リフォームの際に新しくされたものだ。

ピンポーン♪

クリアなチャイム音で、レイジはアヤトへと呼びかける。

『はーい』

だが聞こえてきたのは女性の声。アヤトの姉のものだ。

「レイジですけど、アヤト帰って来てますか？」

『まだ帰って来てないけど？』

アヤトとレイジは同じクラスなのだが、帰宅のタイミングは日によってバラバラだ。

こういう日もある。

「そうですか、じゃ」

レイジはそう言って、インターホンから離れる。

「ふぅ……」

駅前でどうやって時間をつぶそうか。

そう思って、来た道を戻ろうとした時だった。

「ちょっと！　なに帰ろうとしてんのよ！」

突然玄関の扉が開き、大学生くらいの女性が姿を現した。

「サクヤさん……？」

親友であるアヤトの姉、南条サクヤだった。

南条家は美形が揃《そろ》っている。

幼馴染みのアヤトもその特性にもれず、かっこいい。

そして姉であるサクヤもまた、今年のミス・キャンパスにエントリーは確実と言われる容姿を持っていた。

彼女はどこかに出かけていたのか、部屋着とは思えないおしゃれでタイトなワンピースを身に着け、ナチュラルなメイクまで完璧《かんぺき》。

いつも漂わせている「できる美人のお姉さん」オーラを、いつもの数倍解き放っていた。

レイジは思わず、そのオーラに
「うわ……」

と気圧《けお》される。

キラキラな人種。いわゆる陽キャが目の前にいるため、心なしか動悸《どうき》も激しくなってしまう。

「な、なによ人に向かってそのうめき声は……」

「なんでもないです……」

陽キャに陰キャ特有のもつれた感情を知られるとやっかいなことにしかならない。

今日のレイジはそのことに——昼休みのこともあって——いつもより敏感だった。

「とにかく弟の友達をこのまま追い返したりできないから。上がっていきなさいよ」

「えええ……」

「いやなの……?」

いやだと素直に言えてたらブサイク陰キャなんてやっていないのだ。

レイジは、

「そういうわけじゃないですけど、でも、アヤトがまだ帰って来てないなら外で待ってた方が気楽なんですけど」

という意味をもったうめき声（「そ……じゃ……でも、…けどぉ～」）しか言えないまま、友人の姉、サクヤに玄関の中へと引きずりこまれてしまった。

「…………っ」

うっかりしていた。

インターホンを鳴らす前にアヤトにスマホでメッセージを送って帰宅を確認しておくべきだったのだ……。

レイジが、この友人の姉が苦手なのには理由があった。

なぜなら自分は、サクヤさんからものすご～く嫌われているから。

「上がらないの……？　まさかよね？」

「お、おじゃまします……」

ほらこの威圧《いあつ》感。

レイジは脅《おど》されるようにして靴を脱ぎ、家に上がる。

だが、レイジはすぐに立ち止まる。

なぜなら目の前には、玄関上がってすぐの壁によりかかるようにしてこっちを見ているサクヤさん。

別にいじわるで通せんぼしているわけではない。

いや待てよ……？　これはぎりぎりのラインで、いじわるなのでは……？

いや……これは絶対、いじわるだ……。

気持ちがめちゃくちゃ、もにょもにょする。

やっぱり自分は嫌われてるに違いない……。

サクヤさんがいたって廊下に隙間《すきま》は十分ある。前に進めないわけじゃない。

でもすっごくジャマなのだ。

レイジはなるべくサクヤの気配を感じないようにそっと彼女の前を通りすぎる。

サクヤさんはこれから出かけようとしているのか。

もしくはどこかに行ってきた後なのか。

彼女が着ている服は、なぜか胸が強調されるデザイン（あとなんか、すっごくいい匂《にお》いもする）。

これではサクヤさんを避《よ》けて奥に進む時、すれ違いざまに接触してしまうかもしれない。

万が一にも、こちらにせり出しているサクヤさんの大きな胸部装甲《そうこう》にぶつかったら……。

どうなってしまうのか想像もしたくなかった。

レイジは生まれてこの方、こんなに集中したことないんじゃないかと思うくらい、がんばった。

そしてサクヤさんの胸部装甲に接触しないように慎重にすれ違い、ほっと息をつく。

もしちょっとでも触れてしまったら余計に嫌われて、もうなにをされるかわかったものじゃない。

「……ほ……っ」

その次の瞬間だった。

「あ、いいもんあった」

ざしゅっと。

レイジの背負っていたリュックのサイドポケットから、なにかが奪われた感触。

「え……っ？」

慌《あわ》ててサクヤに振り返る。

見ると彼女はレイジがリュックに差し込んでいたスポーツドリンクのペットボトルを摑《つか》み、すでにキャップまで取っている。

「ちょ……っ！」

止める隙もなかった。

サクヤはコクコクとレイジのスポドリに口をつけ、飲んでしまっていた。

「ぷはぁ〜……」

「な、なんで……！」

またいじわるされた……!!

俺、なんにもしてないのに……っ！

「なんでって、喉《のど》が渇《かわ》いたからに決まってるでしょ？」

「でも、それは俺の……、か、返して……」

「ここは私んちよ？　つまり、この家の中にあるものは全部私のものなの？　ちがう？」

サクヤはまた口をつけて、スポドリをひと口飲む。

「あああっ……！」

絶対違う。

だけどレイジは反抗できない。

陽キャオーラ全開の友達の姉の勢いと理不尽《りふじん》さに、超ドキドキしてしまって言葉が出なくなってしまうのだ。

だが、自分は表情が乏《とぼ》しいらしく、その悲しみが相手に伝わりづらいらしい。

「これはお土産《みやげ》としてもらっておくわ。文句ないわよね。ひとの家に来るならお土産持ってくるのが普通でしょ？」

「ええ……っ。お、お土産……」

理不尽すぎる。だけど正しいことを言っているような気もする。

それにお土産なら途中のコンビニでプリンを買ってきているのだ。

でもなんだかもう言い出せない。

レイジはしかたなく納得し、スポドリはあきらめる。

きっとそのうち、この友達の姉は姿を消すに違いないのだから。

それまでの辛抱《しんぼう》だ……！


がちゃがちゃ……っ。


ふいに、誰かが玄関のカギを開けようとしている音が届く。

「っ！」

レイジはそれが、幸福を告げる天使のラッパに聞こえた。

アヤトが帰って来たのだ。

「(よかった……!!)」

「ただいま～っ」

姿を見せたのはやはりアヤト。

彼は一見、チャラい。

けど根《ね》はいいやつで、学校では陽キャにも陰キャからも人望が厚い、クラスの中心人物のひとりなのだった。

「あ、レイジもう来てたん？　早かったじゃん」

「うん、先に上がらせてもらってたんだけど……」

「ん？　姉貴、レイジに変なことしてないだろうな」

「変なことってなに？　なにもしてないわよ。ね？　レイジ」

「スポドリ盗《と》られた……」

「姉貴……なにやってんの？　欲しかったら俺買ってくるよ？」

「そうね……。あんたたちふたりとも、今日も遅くまでゲームとかしたりするんでしょ？　その時の飲み物とかお菓子とか買ってくれれば？　ついでに私のも頼むわ」

「お、俺も行くよアヤト！」

「あ……あんたはここにいればいいじゃない！」

「えええええ……？」

レイジは視線で、まだ玄関で靴も脱いでないアヤトに助けを求める。

「……レイジ」

「うん！」

「ワリい、姉貴のゲームの相手でもしててやって」

「そ、そんなぁぁ……！」

「はい、じゃあリビングに行くわよ？　スモブロ、今日こそ勝つから」

引きずられるようにして家の奥へと連行されるレイジの視界の隅《すみ》で、おやつを買いに玄関の向こうへ消えていく親友の後ろ姿が映ったのだった……。

◆

楽しいはずの金曜日。

週末、幼馴染みの友人との楽しい泊まりがけのひと時になるはずだった時間。

だがレイジはいつにも増して、サクヤさんにいたずらされ続けてしまうのである。

「サクヤさん無理！　片手プレイなんて無理！　移動だけで攻撃できない！」

「ちょっとあんたじっとしてなさいよ！　え？　え？　なんでこれ避けるの!?」

今日こそあんたに勝つ！　と意気込んで行われた格ゲー対戦。

だが、とてつもないハンデをレイジに課していたサクヤのキャラが今、足を滑らせ画面外に消えていく。

『1P　WIN!!（ちゅどーん！）』

「めっちゃ弱い……」

思わず言ってしまったレイジを、サクヤがにらみつける。

「……くっ、今のズルよね……？」

「えっ？　サクヤさんが自爆しただけじゃ……」

「私両手使ってるのに片手のレイジに負けるわけないじゃない！　ズルよズル！」

「えええええ……」

「なんで私が負けるの!?　もう、レイジはズルした罰《ばつ》として、肩揉《も》んで！　あと腰も！」

「そ、そんな……」

「ほら早く！　あんたと対戦してばっきばきなんだから……！」

「ううう……」

サクヤはコントローラーを放り出し、レイジに背中を向けてくる。

「こ、こう……？」

「もっと強く」

「ぐ……っ」

「んんん……っ！　そうそう、そんな感じ……ん、気持ちいい……」

なんで俺は、こんなことを……。

そう思って出かかってしまうため息を、レイジはなんとか抑えつける。

ここでしっかりと揉まなければ、また難癖《なんくせ》をつけられ、いじわるしてくるに違いない！

「じゃあ次は腰ね」

サクヤはそのままうつ伏せになる。

レイジは、そっと両手でサクヤの腰を掴み、ぎゅっと押す。

「んっ……、なかなか上手じゃない？　そのままお願い……」

しかたなくレイジは揉み続ける。

百歩譲《ゆず》って、家におじゃましているんだし、揉むのはいいとしよう。

でも、揉むたびに、

「はぅ……」

とか、

「くぅ……」とか、変な声出すのやめてもらえないだろうか……。

そうやってしばらく揉んでいると、

「ただいまー……」

コンビニの袋をぶら下げたアヤトが帰ってきて、居間の扉を開けた。

「レイジ、なにやってんの……？」

「マッサージ……。命令されて……」

「姉貴、やめなよそういうこと」

「はいはい、じゃあ代わりに私がレイジとアヤトの分のお夕飯作ってあげるから」

うれしい提案だった。

サクヤの作るご飯は、彼女の性格に反して美味《おい》しいとレイジは思っている。

これは揉んだ甲斐《かい》があった。

サクヤの作るご飯は、実はアヤトの家に泊まるときの密《ひそ》かな楽しみのひとつだったのだが
……。

「ごほっ！　ごほごほっ！」

ゲームを片付けてから一時間後。

サクヤが作ってくれたのはスパゲッティ。

いわゆるナポリタンだった。

作ってくれている最中から、ウインナーを焼く匂いや、ケチャップを炒《いた》める匂いでレイジの胃はぐうぐうと音を立てていた。

そして完成した熱々のナポリタンを口に放り込んだ瞬間だった。

「ごほっ！　ごほっごほ……！」

これはタバスコ……！　めちゃくちゃかかってる……！

「辛《から》ひ……！」

「あ、私のパスタと間違っちゃった。もう、レイジはおっちょこちょいなんだから」

「だって、俺の目の前に、置くから……っ」

「はい、こっちがレイジの粉チーズたっぷりナポリタンね」

「あ、はい……」

絶対にサクヤが自分にいじわるするためにわざと置いたに決まっているが、ここで言い争いをして、このナポリタンを引っ込められたら絶対後悔する。

レイジは今回も、泣き寝入ることに決めた。

◆

「ふぅ……」

レイジはバスタブの中で、ようやく一息つくことができていた。

湯船に肩までつかると、自分がとても疲れていたことに改めて気がつく。

「今日は特にひどかった……」

もちろんここは自分の家のお風呂ではない。

幼い頃からの親友であるアヤトの家のバスルームだ。

リフォーム直後だから新しくて気持ちがいい。

だがもう使い慣れたもので、今や我が家のお風呂と同じくらいくつろぐことができる。

「俺、サクヤさんになにかしたかな……」

思い当たることがあるなら、それを素直に謝ればよかった。

だが、なぜサクヤさんがこんなにいじわるしてくるのか、いまいちピンとこない。

「困った……」

温かい湯船に顎《あご》まで沈んだ時だった。

「入るわよ」

「えっ？」

バスルームのドアが開く。

立っていたのは、服を脱いだサクヤさんだ。

「ちょっ!?」

洗い場に入ってくる友達の姉を見て、レイジはさらに混乱する。

「水着!?」

「裸《はだか》で来るわけないでしょ？　え？　それとも裸がよかったの？」

レイジはぶんぶんと首を振る。

サクヤさんは確かに水着を身に着けていた。

でも、だからと言って入ってきていい理由にはならない。

いわゆるビキニタイプの水着で、腰にはパレオが巻かれている。

もちろんいつもより肌《はだ》の露出《ろしゅつ》は多いのだ。

風呂場に水着というノーマルではないシチュエーションにも困惑《こんわく》する。

「水着なんだから、入ってもいいでしょ？」

また謎理論！

「よくないですよ！」

「だっていつまで経っても出てこないんだもん。今日はこの水着を試したかったのよね」

「もう出ますから！　勘弁《かんべん》してくださいサクヤさん……！」

「だーめ。ねえ、シャワーで水着にお湯かけてくれない？　濡《ぬ》れた感じを確かめたくて」

「こ、これが終わったらすぐに出てってくださいよ!?」

「ひゃっ」

レイジは湯船から身体《からだ》を伸ばしてシャワーノズルをつかみ、勢いよくお湯をほとばしらせる。

湯気の立つシャワーがサクヤさんの肩、肌にあたって玉になってはじける。

「ふぅん、こんな感じになるんだ……」

くるっとその場でターンして全身にシャワーを浴びるサクヤ。

彼女が位置を調整した結果、レイジが捧《ささ》げ持っているシャワーは今、サクヤさんの胸の谷間にあたっていた。

「そ……そろそろ……いいですよね？」

まるでシャワーが作るお湯の束でサクヤさんの胸を弄《もてあそ》んでいるように、レイジには感じられてしまう。

「え？　このままひとっ風呂浴びてくつもりだけど？」

「さ……先に出ます……！」

うかうかしてたら本当に自分が入っている湯船に侵入してきかねない。

自分は素っ裸なのに水着を着ているのもずるい。

……いや、だからと言って相手も裸はもっとやばいのだが……。

ともあれ急いでお風呂場から逃げ出し、トランクス一丁でアヤトの部屋に逃げ込んだレイジ。

さすがにあれだけいじわるをしたからか、サクヤさんも気が済んだらしい。

ようやく穏《おだ》やかな時間が過ぎていく。

アヤトと学校やゲームの馬鹿《ばか》話で盛り上がり、夜も遅くなったので寝る流れに。

床に布団《ふとん》を敷いてもらい、横になって十五分ほど経ったころだろうか。

がちゃ……と。

暗い部屋の扉が開く音。

薄くレイジは目を覚ます。

この気配。空気感。サクヤさんに違いなかった。

ぎし……っ、となぜか近寄ってくる。

そして、

「っ!?」

ずるっと、掛け布団が動き、何者かがレイジの布団の中に侵入してきた。

(反応したらだめだ……！　ここは寝たふりで……！)

サクヤはレイジの背中に寄り添うようににじり寄って来ているようだった。

これで実は酔ったアヤトのお父さんとかだったら笑い話になるのだが、この匂いと息遣《いきづか》いは絶対にサクヤだとレイジは確信している。

このままじっとしていれば、飽《あ》きて必ず外に出ていってくれるは──

ズムン！

「んうっ!?」

サクヤが突如《とつじょ》、脇腹《わきばら》をつついてきた!?

「……つまんない、なんで無反応なの？」

「反応しましたよね!?『んうっ!?』ってのけ反ったじゃないですか……！」

「姉貴……、なに考えてるんだよ……」

もぞもぞとアヤトが起き出してくる。

そして、どうにかアヤトとふたりがかりで、サクヤを部屋から追い出すことに成功したのは、それから二十分後のこと。

いったい俺が、なにをしたっていうんだろうか……。

レイジの困惑は深まる一方だった。

このいじわるさ加減。

絶対に、なにか自分が見落としていたり、わかっていない原因がなにかあるはず。

じゃないとおかしい。辻褄《つじつま》が合わない。


……レイジは週明け、学校の教室で何気なくアヤトに尋《たず》ねてみた。


「なあ、サクヤさんのあれって、どういうことなんだ？」

「……え？」

するとアヤトはぴくっと、驚いたようにこちらをのぞき込み、

「レイジ、おまえやっぱり、まだ気づいてないのか？」

とわけのわからない質問を返してくる。

「な、なんだよ、知ってるなら教えてくれよ」

「いや、姉貴に絶対言うなって言われてるし……」

「え……？」

アヤトは口止めされている……？

「一体なんなんだ……」

謎が残ることは怖い。

だが、アヤトはなにかを知っていて、それはすぐに自分が知らなくてもいいと考えているらしいことはレイジにもわかった。

本当にマズイことなら、アヤトは自分に教えてくれるはずだ。

でもそうしないということは、実は大したことじゃないのかもしれない。

つまり今週末、アヤトの家に行った時には、ああいういじわるはぱたっと止《や》んでるかもしれないということだ。

なら、今は特に気にする必要もないのだろう。

レイジはいったん、サクヤさんのことは忘れることにする。


……この時の自分の判断は、果たして正しかったのだろうか。

レイジは後年、そう思い返す時がある。

結果から見てみれば、こうして間違った判断をしていなかったら、いつまでもふたりの仲は変わらなかったはずだと、レイジは思っている。

もしも彼が自分の回顧録《かいころく》を書いたならば、彼はその内容を一言でこう表すだろう。

これは、俺とサクヤさんがラブラブな夫婦になるまでの物語だ。……と。

◆

甘かった。

サクヤさんによる『お風呂場水着突入事件』や『夜半《やはん》の布団内部侵入事件』があった一週間後の週末。

まさかサクヤさんがこんな手の込んだ罠《わな》を仕掛けてくるとは……。

まったく想像もしていなかった自分が恨《うら》めしい。


今、レイジは危機に陥《おちい》っていた。


今週もサクヤさんに持ちかけられたスモブロ対戦。

なぜ、この勝負に負ければ相手の言うことをなんでも三つ叶《かな》えないといけないという約束を自分はしてしまったのだ？

それはもちろん、先週ボロ勝ちしたからだ……！

勝てばレイジは命令できる。

もう俺にいじわるしないで、おとなしくしていてください。

あとコンビニでお菓子を買って来てください。……と！

だというのに、自分はサクヤさんとの勝負にあとちょっとで屈しようとしている。

もしもレイジが負けた場合、サクヤさんが何を要求してくるか、わかったものじゃなかった。

「観念しなさい？」

「そ……そんな、そんな馬鹿な……！　俺、負けるんですか!?」

◆

思えば友達の姉が張り巡《めぐ》らせた罠は、見えない蜘蛛《くも》の糸のように初手《しょて》からすでにレイジを絡《から》めとっていたのだ。

週末。

その日、親友であるアヤトの話によれば彼の姉、サクヤは出かけているはずだった。

アヤトは帰りが少し遅くなるらしく、今日は家の鍵《かぎ》を預かっている。

これで勝手に入ってくつろいでいてくれと言われるくらい、レイジはアヤトの家族からも信頼されていた。

なにしろ、お互いの父親同士も親友のようなもの。

家族ぐるみの付き合いで、たぶん下手な親戚《しんせき》同士よりも仲がよかった。

アヤトの家の前に到着し、一応インターホンを鳴らしてみる。

「………………」

応答がない。

事前情報通り、どうやら家には誰もいないらしい。

だがその時、玄関前のレイジのスマホに一つのメッセージが入る。

サクヤ＼／家、ついた？

サクヤ＼／浴室の洗濯物じゃまでしょ？　タオルだけ取り込んでおいてくれる？

サクヤさんは今日、夜遅くまで帰ってこないのかもしれない。

レイジ＼／わかりました
短くメッセージを返し、レイジは借りた鍵でドアを開け、家の中にお邪魔する。

まずは荷物を置く。

万が一サクヤさんと鉢合《はちあ》わせしてまた飲み物を奪われないようにと、コンビニで買っておいたサクヤさん用のペットボトルの紅茶も冷蔵庫に入れておく。

それから浴室に足を向ける。

家にお邪魔させてもらっている身分なのだ。

頼まれた簡単な仕事くらいは忘れずにこなしておきたい。

バスルームの明かりをつけると、洗濯用ポールにかけられた物干《ものほ》しにタオルが干してあった。

サクヤさんから言われた通り、無数の洗濯バサミのついたハンガーに手を伸ばす。

その瞬間、

ぴぴっ、カシャッ！


フラッシュがレイジを襲《おそ》った。

「!?!?」

フタの閉まったバスタブから、腕がにょきっと伸ばされ、その手にスマホが握られていた。

は……!?　と困惑するレイジは、『写真を撮られた!?』『誰に!?』『なんで!?』といういくつものハテナを一瞬で浮かべる。

そして、その答えが順々に明かされていく。

バスタブの中から現れたのは、あか抜けた部屋着姿のサクヤだった。

「ばっちり撮らせてもらったから♪」

やはりレイジは写真を撮られていたらしい。

「えっちだなぁ～、レイジくん。そんなに私の下着が欲しかったの？」

「……は？　これ、タオル、ですけど……」

レイジは洗濯ハンガーに改めて腕を伸ばす。

洗濯バサミに挟《はさ》まれ、ぶら下がっているのは確かにフェイスタオルで……。

「な……っ!?」

タオルは、一番手前の一枚だけだった。

そのタオルの向こう側、レイジから完全に死角になった部分には、色とりどりの女性ものの下着がぶら下がっていたのだ。

「こんな……っ!?」

「ふふふ……、見て？　レイジが私の下着に手を伸ばしているところが、ばっちり」

サクヤがスマホの画面を見せつけてくる。

そこには確かに、間抜《まぬ》け面《づら》をさらしたレイジが、サクヤの下着を盗もうと手を伸ばしている様子が写し出されている。

被害者のレイジが見ても、そう見えるのだ。

これを見た赤の他人は一〇〇%、思うだろう。

この男は女性下着を前にすると理性を保つことができない、とてもスケベな人間なのだと。

「な、なんで、こんなことを……!?」

「これをみんなにばらされたくなかったら、私と勝負しなさい？」

「……は？」

サクヤさんの出してきた条件はこうだった。

一週間前にもプレイしたスモブロの対戦で、三本先取した方が勝ち。

そして、

「敗者は、勝者がリクエストしたものなら、なんでも三つまで、願いをかなえること」

受け入れるしかなかった。

なにしろ、

「もしもこの勝負を受けてくれるなら、その時点でこのデータは消去するわ」

勝たなくても、勝負を受け入れるだけで下着泥棒《どろぼう》にならなくて済むのだ。

それにレイジにはスモブロに勝つ自信があった。

友達同士でやっても、レイジは強い。

キャラクターなどの相性がよかった時には、友人同士のリーグ戦で優勝したことすらある。

アクションゲーム自体が苦手なサクヤさんにはまず、負けることはないだろう。

先週は片手でも勝てたのだ。

勝者が敗者に三つも願いを聞いてもらえるのも魅力的だ。

それならこの週末、ちょっかいを出してこないようにお願いすることも可能だろう。

レイジはしかたなくという雰囲気《ふんいき》を出しつつ、実は内心ほくそ笑みながら、いざ対戦。

そして今、リアルタイムでフリーズしていた。


『2P！　WIN！（ちゅどーん！）』


あっという間に、三連敗。

レイジは、混乱から立ち直る前に、負けていた。

「よっわ！　くっそ弱！　ザコねザコ！」

サクヤさんが満面の笑みで、手を叩《たた》いてレイジをザコザコと煽《あお》ってきている。

「そ、そんな……！　サクヤさん、これめちゃくちゃ特訓してません!?」

「はぁ？　これが私の実力ですけど？　レイジがザコなだけでしょ!?」

「いやだって、コンボとか駆け引きのやり方、これアヤトの戦法まんまじゃないですか！」

「まあ姉弟《きょうだい》だし、似ちゃうんじゃない？」

「DNAにスモブロの戦法が引き継がれるわけないでしょ!?」

「じゃあまずクソ弱レイジくんに、一個目のお願い、聞いてもらおうかな～」

「く……っ！」

なんと言われようと、サクヤさんにはもう、さっきの画像データは消してもらっている。

なんだか釈然《しゃくぜん》としないけど、ここで約束を破ってしまうわけにはいかなかった。

それはなにより仁義《じんぎ》にもとる。

三つの願い。

この理不尽すぎ友姉は、いったい俺になにを要求しようというのか……！

◆

翌日。

急な話だが、レイジはサクヤさんと水族館にやって来ていた。

これが勝者であるサクヤさんの望みのひとつだったのだ。

もちろんレイジは、友人であるアヤトに助けを求めた。

突然過ぎるし、理不尽でもあると。

だが、この姉にしてこの弟あり。

洗濯物の罠やゲームの勝敗の話を聞いたアヤトは、なぜか姉であるサクヤさんに協力的なムーブを見せた。

サクヤさんの横暴さや要求に反対するどころか、面白《おもしろ》がっている節《ふし》さえあったくらいだ。

そもそもアヤトには、サクヤさんにスモブロ特訓の疑惑《ぎわく》もある。

「親友だと思っていたのに……」

これだから陽キャのノリは……！

でもまあ土日の遊び相手だったアヤトが、レイジがサクヤさんと出かけても気にしないなら、気兼《きが》ねのひとつはなくなったようなもの。

勝負は勝負。約束は約束。

腹をくってしまえば、休日に水族館も悪くない。

とはいえ、

「あれ……？　ねえレイジ、この駅で合ってる？　なんかめっちゃ早く着いたけど」

「だから言ったじゃないですか。この水族館めっちゃ近いですよって」

「なんか水族館ってもっとすごく遠いところにあるイメージない？」

「人それぞれだと思いますよ……？」

「というか、なんでレイジ、目的地にすんなり着けるの？」

「え、なんでですかね……」

レイジとしては逆に、なんで目的地にすんなり着けないのかが知りたかった。

水族館の最寄り駅に難なく到着したレイジは、改札を出て案内の看板《かんばん》を探す。

潮《しお》の香りが鼻孔《びこう》をくすぐる。

駅も水族館も、海辺が近いのだ。

あたりを見回せば、すぐに『水族館まで徒歩三分』という目立つ標識が目に飛び込む。

「あ、じゃあサクヤさん、ここまででいいですよね?」

「は? なに言ってるの? だめに決まってるでしょ? まだ水族館着いてないし!」

「でも俺、道案内って言われたんですよ? ひとりじゃ行けないからって」

「お願いだから水族館の中まで来て! チケットは私がレイジの分も出すから!」

「えええ……」

「それに私が水族館の中で迷子になったらどうするの?」

「呼び出してもらえばいいじゃないですか」

「誰を!? レイジいないなら私ひとりなのに誰を!?」

そういえば、誰も呼び出せない気がする。

「迷子になった時にはあんたが私を呼び出すか、私があんたを呼び出すかでしょ? ひとりじゃアウトよ!」

「サクヤさん、もう大人ですよね?」

「まだ十九よ! まだ未成年だし!」

「あと一年でちゃんと大人に成長できますかね……」

「つべこべ言わずにあんたがついて来ればいいんでしょ? それに……」

サクヤさんは駅の周囲をさっと見まわし、人気《ひとけ》がないのを確認すると、

「魚こわいもん！」

小声で叫んだ。

「えええええ……？　じゃ、じゃあなんで水族館なんかに来たんですか……？」

「ミズクラゲのクータンの限定ぬいぐるみの発売日が今日なのよ！」

「ミズクラゲのクータンの限定ぬいぐるみの発売日が今日！」

そのままを思わずオウム返ししてしまう。

「そのために開館の二時間前に来たんじゃない！」

声には出さなかったがレイジは息だけで『ワーオ！』と陽キャのような声を上げた（上げてない）。

「余計に帰りたくなりました……。俺、なんでここにいるんでしたっけ？」

「あんた私との勝負に負けてここにいるんでしょ!?」

「う……っ」

あの冤罪《えんざい》画像は確かに消去してもらったのだ。

それなのにこちらが約束を守らないのは、やはり仁義にもとる。

「わ、わかりました。しかたないですね……」

「わかればいいのよ。じゃあレイジ、水族館に着くまでなにか面白いことしゃべって」

「な……!?」

そんな小粋《こいき》なトークがさっとできるようならブサイク陰キャなどやっていないのだ。

だが、ただ黙ってサクヤさんとふたりで歩く方がどちらかといえば辛《つら》い。

レイジはしかたなく、最近学校であったことをぽつぽつとしゃべった。

サクヤさんはレイジとアヤトが通っている高校の卒業生である。

なんとか共通の話題が見つかり、サクヤさんの時代からまだ学校にいる先生の話などで（レイジからすれば）盛り上がることができた。

アヤトの家ではサクヤさんとあまりこういった会話がなかったので、新鮮な感じだ。

小学校低学年のころ……いや、もっと子供のころは、サクヤさんともこんな他愛《たあい》もない話をしていた気もする。だから久々の感覚だ。

いつの間にか水族館のエントランス前に着いていた。

すぐそこに浜辺があるせいか、地面と靴底の間がじゃりじゃりする。

その感触に、なんだか気分だけが高まる。

「やった、一番乗り！　これならクータンのぬいぐるみ、絶対ゲットできるわよね！」

「まあ、そうだと思います」

目的が達成できそうでよかった。

「早く来た甲斐があったけど、開館まであと一時間半以上ある……」

チケット売り場はまだ開いてすらいなかった。

スマホで時間を確認していたサクヤさんは、ふと、

「ねえ、のど渇かない？」

来たよ……！　とレイジは反射的に身構え、駅からここまでにコンビニや自販機があったかを思い出す。

「レイジここで待ってて。レイジのぶんも私買ってくる」

「……え？」

肩透《かたす》かしを食らったような浮遊感。

買いに行くの俺じゃないの……？

友達の姉は、さっさと踵《きびす》を返すようにして歩きだしていた。

「サクヤさん……？」

すでに少し距離のある彼女にはもう届かないだろうが、そう呟《つぶや》いてしまう。

あれ？　なんか優しい……？

「ん？　そういえば……」

今日ここまで俺、サクヤさんにいたずら、された？

「されて、ない……？」

レイジの中に、なにか思わず笑ってしまいそうな衝動が生まれる。

「え……？　サクヤさんて結構、内弁慶《うちべんけい》……？」

外では猫をおかぶりでいらっしゃる……？

内弁慶といえば陰キャの主要属性である。

そんな気質が、あのサクヤさんに……？

「ふふっ、ふふふふっ……」

我ながらキモイ笑い声でちゃった。

「案外、外では優しい……？　いや、外面《そとづら》がいいのか……」

なぜか優越感に浸《ひた》るレイジ。

サクヤさん、外面だけはいいんだからな～……と心の中で呟いてみる。

「ん……？」

外面っていうか、なんというか。

「なんか……」

レイジは思い返す。

「サクヤさんて、なんというか……美人なんだろうか……」

アヤトの家をサクヤさんとふたりで出て、最寄り駅からここまで。

移動距離的にはあまりなかったし、朝早かったので人通りもなかったが、それでも周囲からの視線が気になった気がする。

いや、ニュアンスがずれてる。人が少なかったのに、視線が多くて気になったのだ。

最初、レイジは周囲が自分を見ているのかと思った。

寝ぐせやシャツが出ているのを笑われているのでは？

というか、そもそも存在そのものを笑われているのでは？　と陰キャ独特の卑屈ムーブで何度も自分を確かめたが、外見的に変なところはないように思えた。

そしてふと気づく。

視線は俺に向けられてるんじゃない。

サクヤさんに向けられているんだと。

視線は男性からだけではなかった。

女性からの視線もサクヤさんは浴びていた。

男性からの視線はわかりやすい。

たぶんだが、サクヤさんのことを多くの男性は美人だと感じているようだった。

女性からの視線にどんな意味が込められているのか、複雑すぎてレイジにはよくわからなかったが、たぶん羨望《せんぼう》とか嫉妬《しっと》とか、そういう気持ちだということだけはわかる。

「そんなものなのかな……」

レイジは改めて、今日のサクヤさんの姿を思い出す。

そういえばネットやテレビで見るいわゆる美人といわれる女性と比べて、サクヤさんのどこが違うのか、レイジにはぱっと答えられない。

服装も難しいことはわからないが、今日もおしゃれだということだけはわかった。

服やバッグ、小物の色はだいたいが濃い目の紫で統一されていて、ひとつひとつがとても品が良かった。

すこしぴったり目な薄めのセーターに、裾《すそ》がひらっと広がったジーンズも、もしもサクヤさんじゃなければ着こなせないのではというオーラを放っている。

もちろんレイジはサクヤさんのことをこれまでブサイクと思ったことはなかった。

だけどそれ以上のことを考えたことはない。

なんだか不思議なものだった。

「おまたせレイジ。買ってきたわよ」

「あ、どうも……」

差し出された缶をレイジは受け取る。

缶……？　ペットボトルじゃなくて、缶……？

しかも見たこともないようなマイナーなメーカー。

なんとも嫌な予感がする。

「ごめーん、それしかなくて」

レイジは缶ジュースをくるくる回して、商品名を確かめる。

「激甘プリンジュース……？」

のど渇かない？　とサクヤさんに言われていたときから水分を求め始めていた喉が、んぐうと鳴る。

「ならなんでサクヤさん普通にお茶のペットボトル飲んでるんですか？　これしかなかったわけないじゃないですか……！」

前言撤回。

サクヤさんは、外でもめっちゃ弁慶だった。

◆

だが、そんな弁慶女子大生でも、苦手な魚の前ではヨワヨワになってしまうらしい。

ミズクラゲのクータンを販売するショップには、入口から直通の道がなかった。

なので、水槽《すいそう》に囲まれた薄暗い通路を通るしかなく、レイジは目をぎゅっとつぶったサクヤさんにしがみつかれながら速足で水族館内部を案内することになった。

「あああ……」

こんな状況でなかったらじっくりと見たい巨大な水槽の前も素通り。

わかっていたことだが残念な気持ちを抱きつつ、お土産ショップにたどり着く。

もちろん一番乗り。

「あった！　クータンの新作ぬいぐるみだ！　かわいいい〜！」

生きている魚の気配が消え、お土産ショップにたどり着いたとわかるとサクヤさんはぱっと走りだし、クラゲのぬいぐるみを両手で掲《かか》げた。

いそいそとレジで支払いを済ませ戻ってくるサクヤさん。

いつになくにこにこ笑顔のサクヤさんは、袋から出したぬいぐるみをこちらに突き出し、

「ゲットできたわ！」

「まあ、あれからひとりも後ろに並ばなかったですしね……。というか、並ぶ必要があったのか……」

謎である。

こうやってショップにいても、開館直後だとしても、自分たち以外にはまだ誰もミズクラゲのクータンを買いに来てないし……。

「じゃあ、帰りますか」

「なんでよ！」

「え、だって目的は達成されたんですよね……？　クータンゲットできたじゃないですか」

「せっかくなんだから本物のクラゲを見ていくに決まってるでしょ!?」

「そうなんですか……？」

「あとイルカショーも見たいし」

「え？　魚だめなのに、イルカ大丈夫なんですか？」

「だってイルカは魚類じゃなくて哺乳類《ほにゅうるい》じゃない」

「え……っ？」

「やだ、あんた知らないの？　常識なのよ……？」

「いや、イルカが哺乳類っていうのは知ってますけど……」

「あの歩く魚事典のさかなクンも、イルカとクジラのことは哺乳類だからまったく知識ないのよ？　あんたもさかなクンを見習いなさい」

「さかなクンの、なにをですか……？」

◆

「イルカ、すごかったわねぇ～……。さすが哺乳類だわ」

「ですよねぇ～」

こう言えば、さかなクンを見習ったことになるだろうか。

水族館から駅への帰り道。

「ねえ、今日楽しかった……？」

「まあ、楽しかったといえば楽しかったですね……」

夕焼けに炙《あぶ》られた空は、赤から濃い紫へと移り変わっている。

結局、たっぷりと水族館と海辺の雰囲気を楽しんでしまった。

少し冷えた潮の香りを頼りに、レイジは水族館での記憶を手繰《たぐ》る。

レイジとしては、せっかくの機会だったので色々な魚が見たかった。

なので少しずつ魚に慣れてもらおうと頑張ったのだが、魚と目が合う（？）たびにサクヤさんはお化け屋敷並みのリアクションでレイジの腕を握りしめてくるのであきらめた。

レイジは親友のアヤトとは幼馴染みと言っていい間柄《あいだがら》で、サクヤさんはアヤトの姉である。なので実はサクヤさんとも幼馴染みと言っていい間柄なのだが、サクヤさんがこんなにも魚が苦手だとレイジは今まで知らなかった。

これを新鮮な驚きと言っていいのかわからなかったが、不思議な感じだった。

「帰り、なんか食べてく？」

「そうですね……」

お昼には名物のシラス丼《どん》というものを食べた。

実はあまり味には期待していなかったのだが、美味しく食べられたのも不思議だ。

旅先（？）の雰囲気がそうさせたのだろうか。

「夕飯は地元に帰ってからでもいいですけど……」

なんせ観光地のご飯はお高い。

お昼も奢《おご》ってもらってしまったレイジとしては、この流れで夕飯も奢ってもらうのは心苦しい。

かといって自腹も痛い。

地元でハンバーガーを食べたほうが割安なので、できるだけそちらに誘導できたらなと思ってしまう。

「いや、逆にここは俺が奢るべきなのか……？」

呟いてから盛大に『なんで!?』と心の中で自分自身に突っ込んでしまう。

(ああ、なるほど……)

なぜ自分がそんなわけのわからない思考に走ったのか。

(周りがカップルだらけだったからか……)

なんでカップルで歩いている若い男女って、みんなかっこよかったり、美人に見えたりするんだろう。

(あの彼氏さん、きっと彼女にご飯を奢ったりするんだろうな……)

と、水族館をウロウロしている時からそんな余計なお世話な気持ちを抱いていたせいだろう。

(というか……)

「サクヤさんて、彼氏とかいないんですか？」

「え……？」

サクヤさんが立ち止まった。

「あれ……？　サクヤさん？」

「な、な、な……なんで、そんなこと、聞くのっ？」

「あ……すいません、彼氏がいたら、俺をナビになんかしてないですよね」

ははは、とレイジは笑った。

くだらないことを聞いてしまった。

「…………レイジ？」

「なんですか？」

レイジはふっと振り向く。

気づけばサクヤさんは立ち止まってしまっていた。

自分は三歩ほど先に進んでしまっていたらしい。

「凄腕《すごうで》のハッカーって、一度完全に消してしまった画像も元に戻せるっていう噂《うわさ》は本当かしら」

「…………す、すいませんすいませんすいません!!」

「海鮮丼、レイジの奢りね……？」

「高校生にたかるんですか!?」

レイジは服の裾を引っ張られ、お昼に食べたおしゃれっぽいお店ではなく、なんだか老舗《しにせ》っぽい佇《たたず》まいのお店へと引きずられながら抗議する。

……海鮮丼は、とっても美味しかったし、念のため、レイジはそこの支払いをサクヤさんの分を含め、支払ったのだった。

というかサクヤさん、魚類、食べるのは大丈夫なんだ……。

◆

「ただいま……」

水族館からレイジが帰ってきた先はアヤトの家である。

もちろんサクヤさんと一緒の帰宅だが、彼女は、

「潮風でなんか肌がぺたぺたする」

と、そのままお風呂に入っているのだった。

今日は土曜日。まだ土曜日だった。

今夜もレイジはアヤトの家に泊めてもらう。

「おかえりレイジ。水族館どうだった?」

「それがさ……」

レイジはいかにサクヤさんが理不尽だったかを丁寧《ていねい》にアヤトに説明する。

水族館での出来事に少しは同情してもらわないと報《むく》われない気がしたからだ。

アヤトはことあるごとに爆笑してくれる。

「姉貴、まだ魚だめだったんだ。どうするんだろうって思ってたんだよね」

「深海魚コーナーでサクヤさん、すごい声で叫んでさ。水槽の中のアンコウがびくって跳《は》ねたんだぞ……？　信じられる？　頭の先の触手《しょくしゅ》もぴかーって点滅させて」

「それは盛りすぎだろ？」

「はぁ……とにかく、明日はゆっくりしたいよ……」

レイジがリビングのソファにぐでぇと身体を預けた時だった。

「なに、めでたしめでたしみたいな顔してるの……？」

「サクヤさん!?」

扉の隙間から、風呂上がりのサクヤさんがこっちをのぞき込んでいた。

「私のお願い事、あと二つ残ってるのよ……？」

◆

その日の夜。

「だめだ、眠れない……！」

レイジの目は冴《さ》え切っていた。

「どうしても気になって……」

サクヤさんのことで頭がいっぱいだった。

まだ二つも残っているサクヤさんの願い。

三つの願いの元祖、ランプの魔人もこんなやきもきした日々を過ごしていたのだろうか。

「俺は他になにをお願いされるんだ……」

最初はいつも通り「ポテチ買って来て？」くらいの軽いものだと思っていた。

しかし一個目の願いですら水族館への付き添いという、かなりカロリー高めのものだったのだ。

「ふぅ……」

床に布団を敷いて寝ていたレイジは身を起こす。

それから隣のベッドで寝ているアヤトを起こさないよう、ゆっくりと廊下へと移動。

気分転換のためになにか飲み物を求めてキッチンへと向かう。

「ん……？」

夜中にもかかわらず、キッチンに明かりがついていた。

ダイニングテーブルの椅子《いす》に、誰かが座っている。

「サクヤさん？」

「レ、レイジ？　なに、やってるの……？」

パジャマ姿のサクヤさんは慌てたようにノートを閉じてこちらに顔を上げた。

「サクヤさんはこんな夜中まで勉強ですか？」

「ま、まあね！　レイジは、どうしたの……？」

「眠れなくて……」

「眠れ、なくて……？」

こっそり勉強していたのが見つかって焦《あせ》っているのか、サクヤさんはいつになくそわそわしている。

だが、レイジはサクヤさんが結構がんばっていつも勉強とかしているのを知っていた。

ノートとかにまとめられているものが、すごい綺麗《きれい》だったりするし。

なので特に気にせず、

「あの……。残りの願いで、俺になにをさせる気ですか？」

「……え？」

「それが気になって、眠れなくて……」

「あー……、それね～」

サクヤさんは気が抜けたのと、ほっとしたのの中間あたりの息を吐いた。

さっきまでなにかを書き付けていたノートを閉じ、封印《ふういん》するように筆入れを上に置いてから、

「色々、考えてるのよね……」

びくっと思わずレイジの身体が反応する。

(や、やっぱり……！)

レイジは半歩あとずさりするが、

「ちょっと椅子、座りなさいよ」

「そ、それが二つ目の願いですか？」

「……は？　これはただの命令だけど？」

レイジは素直に、その命令に従った。

「レイジへのお願いだけど、たとえばそうね……」

サクヤさんのちょうど向かい側に座ったしまったレイジ。

パジャマ姿の彼女はくつろいだようにテーブルに両肘《ひじ》をついてこちらに身を乗り出し、

「私の服を着てもらって、女装系ユーチューバーになってもらうとか」

「!?」

「毎朝この家に来て私を優しく起こしてくれる人間アラームになってもらおうか、とかも思ったんだけど……」

「!?!?」

なんてことを考えるんだ……！

レイジはがたがたと震え始める。眠れなくて当然だった。

俺の直感は、これを察知《さっち》して興奮《こうふん》状態だったに違いない……！

「でも、今さっきこれにしようって決めたお願いがあるのよね」

「な、なんですか!?」

「聞きたい？」

「お願いします、眠れないし……」

レイジはドキドキする心臓を抑えるようにサクヤさんに耳をそばだてる。

「ファイティングジム・ゴーダッシュって知ってる？」

「は……？　え、なんですか……？」

「駅前にあるんだけど、知らない？　ジムよ、ジム。格闘技の」

「？？」

格闘技の、ジム……？？

「私、そこに通おうと思ってて」

「え……なんでですか？　強くなりたいんですか……？」

これ以上に？　という言葉をレイジは呑《の》み込む。

サクヤさんは別に、腕っぷしが強いわけではない。

たぶん腕相撲《うでずもう》とかをしてもレイジが楽々勝てるはず……だ。

「なんで私が強くならなきゃなのよ。ダイエットよダイエット」

「ダイエット必要なんですか？」

「当たり前でしょ？」

サクヤさんの顔が少しだけ赤くなる。

「本来は格闘技のジムみたいなんだけど、女性向けのダイエットコースがあるの。下見に行きたいんだけど、なんか不安だからレイジ、一緒についてきて？」

「別に、いいですけど……」

一瞬よぎる不安。

自分はどちらかと言えば文系の人間。

一方、格闘技ジムといえば体育会系の巣窟《そうくつ》だろう。

つまりは陽キャ勢のフィールドだ。

だけど、自分はサクヤさんの付き添い。

俺自身が通うわけではない。

それに女装系ユーチューバーや人間アラームになるよりはましだろう……！

「よかった。じゃあ三つの願いの二つ目は、ジムの付き添いね？」

「わかりました。じゃあ明日はそこに行くっていうことでいいんですね？」

「よろしくね、レイジ」

「じゃあ俺、もう寝ますんで」

「おやすみなさい。ちゃんと眠れるといいわね」

「たぶん大丈夫です。じゃあ、おやすみなさい」

レイジは立ち上がり、アヤトの部屋へと戻る。

「……でも、もしかしたら目が覚めちゃって眠れないかもしれないわね」

「いえ、もう結構眠気が戻ってきてるんで横になれば一瞬だと思います」

「そう？　もし眠れないなら、添い寝してあげよっか？」

「なにかイタズラしてくるから絶対いらないですし、なんでいつまでも俺についてくるんですか……!?　サクヤさんの部屋、あっちですよね!?」

◆

「レイジとこうやって駅前をうろつくのって、そういえばすっごく久しぶり？」

「最後は小学校低学年の時とかじゃないですか……？　いや、もっと前かも？」

親友のアヤトとは今もよく駅前をぶらついている。

けれど隣にいる人物が違うと、見える景色が違ってくることにレイジは驚いていた。

この駅前に格闘技ジムがあったなんて気がつきもしなかった。

そういえば駅ビルには女性が立ち寄りそうなおしゃれな服や靴、雑貨のお店が多かったし、駅前にはおしゃれなカフェもたくさんある。

「あ、新作出てるね。おいしそー」

「確かに美味《うま》そうですね」

季節限定のドリンクらしいが、Ｌサイズの飲み物ひとつで家系《いえけい》ラーメンが一杯食べられる値段だ。

レイジにはおいそれと手出しができないが、きっと美味しいのだろう。

いつもと違って、激しく好奇心がそそられた（でも買わない）。

……アヤトと一緒にいる時には用がないので視界に入っていても気にも留めなかったものが意識されて、まるで別の街のように見える。

地元の駅なのに、不思議なものだった。

目的のジムは、雑多な商店街を抜けた先にあった。

駅のロータリーから三ブロックくらい離れた雑居ビルの四階。

なぜかエレベーターがついておらず、階段を上ってジムの前にたどり着く。

ドアはガラス張り。

中では今も複数の人がミット打ち（？）みたいなことをやっているのが見えた。

四角い小さなマットみたいなものを蹴《け》っているのがお客さんで、マットを持っているのがトレーナーだろう。

「ビルはぼろいけど、ジムの中は明るくてきれいね」

「よかったですね」

奥まった所は一面鏡張りになっていて、フォームを確認できるようになっている。

壁は一面、白に塗られている。

レイジは思わず小さく映る自分から視線を逸《そ》らす。

「すいません、見学を予約した南条です」

サクヤさんがよそ行きの澄《す》んだ声で受け付けの男性に声をかけた。

「ああ、うかがってます。少々お待ちください」

男性も格闘家なのだろう。

きっとレイジが話しかけても絶対にしない笑顔でサクヤさんを近くの椅子に案内する。

「ん～……」

この内装はきっと女性を意識したもの。

レイジが想像していた汗臭《あせくさ》くて埃《ほこり》っぽいジムのイメージは覆《くつがえ》されている。

サクヤさんもどうやら気に入っているようだった。

ここならダイエット目的で入会しようとする女性も多いはずだ。

だがレイジは扉を開けて中に入ってから、サクヤさんに向けられる視線が気になっていた。

逆に言えば、ここまで女性を意識しないとなかなか入会してもらえないのなら、やっぱりサクヤさんのようなお客さんは珍しいのかもしれない。

特に、ミス・キャンパスに選ばれるような女性は……。

「ではまず、当ジムのシステムを紹介させていただきますね」

勘違《かんちが》いだろうか。

パンフレット片手に説明しているトレーナーの目が、キラキラしている気がする。

これ、俺、必要だった？

「（でもまあ、結果論か……）」

毎日通い放題でこのお値段はお得ですよという月会費は、高校生のレイジにしてみれば決して安くはない。

けれど大学生には妥当《だとう》なんだろうか。

サクヤさんは熱心に聞いている。

「ご家族割りありますよ」

あれ？　俺、サクヤさんの弟だと思われてる……？

「あ、じゃあレイジも一緒に入る？」

「弟の友達割りってありますか？」

レイジ渾身《こんしん》のギャグはスルーされてしまう。

これだから体育会系は……！
レイジはギャグの不発を体育会系のせいにしながら、暇《ひま》なのでトレーナーを観察する。
格闘家の肉体をこんな近くで見たのは初めてだった。
このジムはトレーナーが全員、現役か元格闘家というのが売りらしい。
正直言って、怖い。
サクヤさんと一緒じゃなければ、うっとなって、いたたまれなくなっているはずだ。
どのトレーナーも全然こっちを見ていないことが幸いだ。
だが、なにもないとは思うけどサクヤさんは親友の姉である。
レイジは曲がりそうになる背筋《せすじ》をまっすぐに伸ばした。
「じゃあ、施設を案内しますね」
「お願いします」
椅子《いす》から立ち上がるトレーナーとサクヤさんに合わせて、レイジも立ち上がった。

◆

ズダァァアン……という打撃音が轟《とどろ》き、重い余韻《よいん》がジムの中に低く響いた。

「…………こ、これは…………？」

トレーナーは深く息を吸った。

「ふぅ……？」

美人女子大生の付き添いの少年は、トレーナーの構えたキックミットを蹴り上げた右足を床に降ろしながら、教えてもらったスタンスの上に重心を戻している。

「……あの、どうかしました？」

「あ、ああ。続けてみて！」

腕の……いや、腹にまで届く衝撃を感じていたトレーナーは、キックミットを構え直す。

「あ、はい……」

一見ぎこちなく習い立てのフォームで繰り出してくる少年の蹴りはしかし、重爆《じゅうばく》だった。

少年——名前をレイジといったか。


ズダァァアン……！　という重快（？）な波動がジムの空気を振動させる。


レイジの鋭い蹴りを受け止めていたトレーナーの名は有働幸次《うどうこうじ》。

キックボクシング、ライトミドル級リアルキングトーナメント優勝の経験もある三十一歳だ。

彼はその物理的な衝撃と同時に、精神的な衝撃にも打たれている。

めちゃくちゃ綺麗な女子大学生――南条サクヤの担当になり、ぜひとも加入してもらおうと張り切っていた十分前の自分。

そんな軽薄《けいはく》な気持ちが、あっという間に切り替わっていた。

「うおっ……!?」

思わず小声でうめく。

衝撃音が、ズダァアアンから、ドォォンに変わってきたのだ。

姉の付き添いで現れた弟らしき少年は、だんだん慣れてきたのだろうか。

蹴りが一撃、また一撃とさらに重くなっていく。

ただの素人《しろうと》ではない。

打撃の質が、明らかに普通ではない。

ノーマルな格闘技の枠外《わくがい》。

一般的なジムで習う技術とは違う体系をもつ技《わざ》の気配すら漂う。

けれどなんでこんな少年が……?

かなりの玄人《くろうと》でも、普通はキックミットの表面で打撃力の大半は弾《はじ》ける。

だが、少年の打撃はまるでミットをつけていないかのように衝撃が突き抜けてくる。

まさか特殊なプロが変装したドッキリ動画にでも巻き込まれてる……?

そう考えてしまうほど少年の蹴りは重く、ぎこちない足さばきに才能が秘められていた……。

来てよかった。

レイジ、やっぱりかっこいい。

「はぁ……はぁ……はぁ……。けっこうきますね、これ……」

あっという間に一分が過ぎ去ってタイマーが鳴り、休憩《きゅうけい》となった。

レイジが額《ひたい》の汗をぬぐう。

「はう……っ！」

◆

サクヤはぐっとレイジへの言葉を呑み込む。

今気を緩《ゆる》めたら、思わずレイジに『結婚しない？』と言ってしまうかもしれない。

だからサクヤは慎重に言葉を選ぶ。

「レイジ、結婚し……じゃなくて、結構……すごいじゃない……」

「俺も一応男子なんで、筋力はサクヤさんよりあるから……」

「でもレイジのキック、なんか私の時と音が違わなかった？」

「受けるトレーナーさんがうまいんですよ」

「い、いや、確かにお姉さんの言う通りすごかったよ！　なにかやってたの？」

おい、なに私のレイジに興奮してるんだ変態トレーナー！

蹴り飛ばすぞ!!

サクヤは笑顔のまま、こめかみに怒りマークを浮かべる。

「え……？　いや、特には……」

「なにもやってないの!?」

いや違う。サクヤは薄々知っていた。

「……あ、昔、父に少し……」

記憶を手繰《たぐ》るようなレイジの言葉に、サクヤは改めて思い出す。

レイジの父と自分の父は親友同士で、ちょうど弟のアヤトとレイジの関係に近い。

だから昔は週末の夜には親子でしょっちゅう家に遊びに来ていて、レイジと自分たち姉弟が仲良くなったのも、もともとはそれがきっかけだった。

いつだったか酔ったレイジの父が、自分の父親に話していたのを聞いたことがある。

レイジの父は昔、海外で仕事をしていた時に銃で撃たれたことがあるらしい。

それがきっかけで恐怖を感じる部分が麻痺《まひ》してしまったとかで、丸腰で銃に勝てる方法を見つけることに熱中していた時期があり、やがてそれを体得したのだという。

そしてその技術を今、息子に教えているのだと……。

それが本当だったら、おそらくレイジはレイジの父からその技術を習っているのだ。

レイジの日ごろの姿や体力、動きのキレを思い出し、サクヤはそう直感していた。

弟の友人は一見、細身の文系に見える。

けれど意外と体格はがっしりしていて、柔軟性やバランス感覚などもすごくいい。

こう見えてレイジは運動神経もなかなかあるのだ。

だからきっとこういう男らしいジャンルも得意に違いないと思い、サクヤはレイジをジムに誘ったのだ。

ここなら、かっこいい活躍をするかもしれないレイジを思う存分《ぞんぶん》、褒《ほ》めることができると思って……！

実際、集まってきた数人のトレーナーに囲まれ、褒められているレイジを見るのは気分がよかった。

「じゃ、じゃなくて、ちょっと待って……!?」

レイジを褒めて、いい感じな雰囲気になるのはこの私の役目なのに……っ!?

「あ、あ……っ」

けれどサクヤはレイジを囲んでいる細マッチョな格闘男子の間に割って入ることができない。

簡単に弾かれてしまう！

こんなはずじゃなかった……！

そもそも、昨日の水族館だってなんだかおかしかった。

計算では自分はとっくにレイジから愛の告白を受けていてもおかしくないのだ。

水族館は、そのための最高の舞台だったはずなのに……！

そればかりかここ数カ月の間、自分はレイジに対する想いを全《すべ》て行動にして表現してきた。

弟のアヤトの親友でもあるレイジは、毎週末に家に泊まりに来る。

そのチャンスを自分は最大限に活用した。

この気持ち、絶対に伝わっているはず……！

けれどやっぱり、今どきの男子はみんな奥手なのだろうか……。

草食系ともいうし、最近では悟り系男子というのもあるらしい。

サクヤの計画では、もうレイジに告《コク》られ、今頃ラブラブな状態のはずなのに。

「やっぱり、自分から……？」

いいや……！　年上として、年下のレイジに自分から告白するなんてできない。

恥《は》ずかしすぎる……！

想像しただけでドキドキしてレイジの顔を見ることができなくなってしまう。

ずっとレイジをリードしてきたのに、急にこっちからだなんて……。

「でも……」

幸いなことにレイジへのお願いはあと一個残っている。

保険として願いを三つにしておいて本当によかった。

こうなったらじっくりとお願いの内容を考えて、絶対に告白させてみせる……。

サクヤは闘志を新たにするのだった。

「ぜひぜひ！　ウチのジムに通ってみてよ！　キミなら絶対いいところまでいけるって！」

レイジはまだトレーナーたちに囲まれて「ああ……」とか「でも……」とか言っている。

……というか、ジムのトレーナー。

確かにレイジはかっこいいけど……。

でも、レイジに興味津々《しんしん》すぎるでしょ……!?

◆

――時は数日後、とある視点に移る。

この物語にとってどうでもいいモブキャラ。

ここで突然、初登場のキャラである岡田《おかだ》ユキオの頭の中から、

「もう誰にも俺に舐《な》めた口はきかせねぇ!!　……あ、いや、き、きいてもらいたくないというか……ひぃっ！　す、すいませんウソですカンベンしてくださぁぁあい……っ！」

という言葉が離れないのは、なぜ……？

それは彼が街にはびこるチンピラ、半グレ集団からも軽く扱われ、仲間とすら思われていないから。

かっこよく生きたい。

岡田ユキオは自分に自信があった。

なにをやっても、だいたいうまくこなしてきたつもりだ。

クラスでも一目置《いちもくお》かれている。と思う。

だから努力なんて面倒《めんどう》くさいことはしたくない。

もっと楽に。もっと簡単に生きていけるはずだ。

なぜなら俺だから。

岡田ユキオはそうして、絶対的な自信と共にどんなことも要領よくやってきたつもりだった。

だが結果として、彼は十七年間、なにも積み上げてくることができてはいなかった。

ユキオはそれに気づいていない。

しかしその虚無《きょむ》感は、確かに彼の中で言葉にならないモヤモヤとしてくすぶっている。

今の状況をどうにかしたい。

なんとかしてしまいたい。

……そう思っていた矢先、彼の手元に届いたものがある。

それは適当に見ていたスマホの動画サイトの中でのこと。

「……ん？」

なぜその動画がユキオにお勧《すす》めされたのかはわからない。

けれど彼は何気なくそれをタップして、再生して釘付《くぎづ》けになった。

その動画の中で躍動《やくどう》していたのは、戦う男たちだった。

「おお……っ」

昨日までただのチンピラだった男が腕っぷしひとつで成り上がっていく、筋肉版シンデレラストーリー。

力こそがパワー。

体力と筋力こそが男の証《あかし》。

そういう動画に、ユキオは触発された。

「俺なら、もしかして……!?」

さっそくユキオは近所のトレーニングジムを探した。

幸いにも、最寄り駅の近くにいくつか格闘技ジムがあった。

サイトを見ると、どれもかなり本格的だ。

直接打撃系の空手《からて》に、キックボクシング。

総合格闘技もあればボクシングのジムも数軒見つける。

だがユキオは満足しなかった。

こういうところには、それなりに強いヤツがごろごろしているはずだ。

そんな輩《やから》から偉そうに指導されるのはごめんだ。

もっと俺にふさわしいジムがあるはず……。

検索範囲を広げる中で見つけたのが『ファイティングジム・ゴーダッシュ』。

格闘技も教えるが、メインはフィットネスで、若い女性も多いらしい。

「ここだ……！」

ここなら最初からトップになれるかもしれない。

俺はここから成り上がる……！

店内の雰囲気も、他のジムほどいかつくない。

ユキオの脳内には、早くもジムに通う女性に囲まれ、彼女たちの憧《あこが》れの視線を受けながら自分がスパーリングをしている情景が浮かんでいる。

けれど、見学や申し込みはもうすこし様子を見てからだ。

ものごとにはタイミングがある。

ユキオは無料体験レッスンの問い合わせを伸ばし伸ばしにする。

そしてようやく、漫画の新刊を駅前に買いに行くついでに、目当てのジムに寄ることにする。

予約がなくてもなんとかなるだろう。

なにしろ俺は、未来のチャンピオンなのだから。

きっと体験レッスンで俺の才能に気づいたトレーナーからスカウトが殺到《さっとう》するに違いない。

ユキオは、ジムが入っている雑居ビルを見上げる。

看板を見つめる。

どうやら営業しているようだ。

ということは、トレーナーがいるはずだ。

現時点での話だが、そのトレーナーはまだ俺より強いに違いない……。

また別の日にしようか……？

ユキオはビルの周りをウロウロする。

……というか、本当に自分はジムに通う必要があるのか？

我ながら、ジムに通おうと決心できる時点で相当なものだと思う。

ということは、俺はもうかなり強いのでは……？

実はもう、かなりの腕前に覚醒《かくせい》しているのでは……？？

ユキオの身体は路地をウロウロしている間に血行がよくなり、だんだんと万能《ばんのう》感に包まれ始める。

ひょっとして、俺はもうチャンピオンのようなものではないのか？

この力、試してみたい……。

そう思い、いつの間にかもともといた雑居ビルの前に戻ってきていたユキオ。

そして彼の目に、ジムがあるビルから出てきたひとりの美女の姿が映った。

めちゃくちゃ美人だった。

歳は大学生くらいだろうか。

見た目は少し年上で、なんともいえない魅力があった。

周囲の空気がきらめいて、なんだか映画の中に入ってしまったみたいに。

ひょっとしたらあのジムで汗を流してきた後かもしれない。

運動した後の瑞々《みずみず》しいオーラが、大学生くらいの彼女の魅力をより際立《きわだ》たせている。

あんなミス・キャンパスみたいにイケてる女でも、きっと今の俺になら振り向くはずだ。

彼はさっそく声をかけることにした。

◆

サクヤにとってナンパは日常的なものだった。

経験から言えば、本当に付き合いたいと思って声をかけてくる男は五十人に一人いるかどうか。

駅前で声をかけてくるようなプロはナンパに見せかけた別の目的をもって声をかけてくる。

そういう輩は大抵《たいてい》、お金が目的だった。

だから声をかけられたとしても、私はそれを知っているけど？　という雰囲気を出せば相手はあきらめてくれることが多い。

けれど、中にはやっかいな声かけ事案もあるにはある。

ナンパとはそもそも一方的なコミュニケーションだ。

基本失礼な行為なのに、それに輪《わ》をかけて、ケモノが放つような暴力と支配の匂いすらさせて話しかけてくる輩。

本当に気をつけなくちゃいけないのは、そういう輩のナンパだった。

最初からウザ絡みが目的のようなナンパこそ、一番気をつけなくてはならない。

格闘系のフィットネスジムに通おうと思ったのは、そんな危険なナンパに巻き込まれないための気配を身に着けるという理由もあったのだが……。

「ねえねえお姉さん、すごい美人じゃね？　ねえどこ行くの？」

その日、サクヤはレイジと新しいトレーニングウェアを買いに行く約束をしていた。

高校の授業が終わったレイジは今頃、駅前で待ってくれているはずだった。

レイジと合流する前にジムでひと汗流そうと思った自分に落ち度はなかったはず。

けれどシャワーを浴びたあとのメイクに時間がかかってしまうのは計算外だった。

それでも最速で準備を整えて、急いでいたところにこれ。

遅刻ぎりぎりでレイジと合流しようとしていた時に、人気《ひとけ》のない道で、サクヤはチンピラ風の男、岡田ユキオに声をかけられていた。

「ムシすんなよ！　なあ、舐めてんの？　はぁ？」

「今急いでんの。こういうの興味がないの見てわかんない？」

「うぐっ……!?」

美人から突如《とつじょ》投げ返されたキツイひと言にユキオはたじろぐ。

計算通りにいかなかった恥ずかしさが、『俺はサイキョーなんだぜぇ!?』というイラつきになって彼の中で吹き上がった。

「なあなあいいじゃねえか……！」

ユキオはサクヤの腕を掴み、立ちふさがるように回り込んだ。

「俺と愛のランデブーしようぜ？」

さあさあ！　と勢いに任せてサクヤに迫る。

ユキオは、この美人にわからせなくちゃならなかった。

この場を支配しているのが誰なのかを。

だが、女子大生は彼の手を振り払うように、

「ふざけんな!!　キモいんだよ!!」

「………………!?」

その瞬間、ユキオの高すぎるプライドが、今がナンパ中であることも忘れさせた。

ユキオの顔色が瞬《またた》く間に変わった。

「てめぇ!!　俺がキモいだと!?　マジで許せねぇよ!!」

サクヤの肩がびくっと震える。

「俺にはキモい要素がこれっぽっちもねぇのに……、まじ誹謗中傷《ひぼうちゅうしょう》許せねぇ……。弁護士事務所に相談すんゾ!?」

やばい。

「は、放せよ……っ!!」

勢いよくサクヤはナンパ男を突き飛ばす。

だが、サクヤの力ではチンピラ男を振りほどくことができない。

「あの〜……」

その時だった。

ひとりの男子が割り込んできた。

「ん？　なんだてめぇは！」

サクヤにはすぐわかった。

この背中は、私がずっと恋している男子のものだ。

「レイジ……!!」

◆

レイジがサクヤさんを見つけることができたのは、まさに彼女からの日ごろの教育の賜物《たまもの》だった。

「待ち合わせ相手が遅れてきそうだったら、待ってないで迎えに行くのが礼儀よ」

という、一見むちゃくちゃだがサクヤさんが言うと一理あるかもと思ってしまう主張。

わがまま無限大なその言葉も、一カ月前までの自分ならスルーしてしまっていたかもしれない。

でも今の自分はそんな言葉をふと思い出し、自主的に迎えに行きたくなっている不思議。

「なあアヤト、俺、ジムまでサクヤさん迎えに行こうと思うんだけど一緒に行く？」

「ん？　ああそうだな。暇だし」

待ち合わせ時間を過ぎても現れず、スマホの反応もないサクヤさん。

ふたりで迎えに行こうとするが、

「あ、やっぱレイジひとりで迎えに行ってもらっていい？　俺ちょっと用事思い出した」

「は？　まあ、いいけど」

さっきの所で待ってるからと言い残したアヤトを後に、レイジはサクヤと通い始めたジムへと向かった。

そして、チンピラ風の男に絡まれていたサクヤさんを見つけたのだ。


「あの～……」


レイジはサクヤさんが男を突き飛ばしてできたスキマにすっと入り込む。

「レイジ……!!」

「ん？　なんだてめぇは！」

チンピラ風のナンパ男、岡田ユキオはレイジの登場に少しだけひるむも、胸を反らす。

今の俺は無敵状態なのだから。

「この人（俺の親友の）大切な人なんで、この手を放してあげてくれませんかね……？」

「!?」

レイジのセリフに、サクヤの胸がキュン♡と高鳴った。

レイジは今、自分のことを大切な人と言った!?

「あぁ～ん？　大切な人だとぉ……!?」

ナンパのジャマをされた上に、彼女マウントをとられたユキオの怒りはついに頂点へ達する。

「てめぇ……、彼女いない歴＝年齢＝十七年の俺を怒らせるとどうなるのかわかってるんだろうなぁ……」

「いや、わからないです……」

「この世からおさらばだよ!?」

レイジにはチャラいチンピラ、ユキオがなにをしたのかわからなかった。

普通こんな場合は、パンチかキックなのではないだろうか。

だがユキオは奇妙に身体をくねらせ腕を突き出そうとしてくる。

なんなんだこれは……！

意味がわからず、ちょっと怖くなったレイジはひょいとユキオを避ける。

なおかつ、ユキオの脇腹――もとい、人体の急所ががら空《あ》きだった。

イメージ。レイジはそこに、なんだかありとあらゆる打撃を送り込める気がしたが、動けなかった。

こんな隙だらけの接近、もうなんだか逆に怖い！

それに……、

「んがぁ!?」

最強のパンチを放ったはずのユキオはバランスを崩《くず》し、ズシャっとアスファルトの地面に転がった。

ただ避けるだけ。

一ミリも手出ししないでも、時間が生まれた。

「今のうちに逃げましょう」

「う、うん！」

レイジの言葉に、はっとしたサクヤは、レイジの手に引かれるまま駆け出す。

「う、ううう……」

ユキオはなにをされたのかわからなかった。

なにもされていないということも、彼にはわかっていなかった。

殴りかかろうとした瞬間、彼の背筋に悪寒《おかん》が走り、足がすくみ、腰が引け、バランスを崩してしまったのだ。

まるでカウンターの連撃を受けたかのような圧《あつ》に呼吸まで詰まっていた。

だが、そんな生理的な反応は一瞬のことで自分の身に起こったことがまるで理解できない。

けれど一瞬の放心状態になっていたユキオは転がったショックで我に返ると、ガバッと立ち上がり、

「ちくしょう、逃がさねぇぞ……!!」

震える膝《ひざ》で逃げるふたりを追いかけようとした、その時。


「ちょっと待てよ」


別方向から突然、脳髄《のうずい》に直接届いたその低い声。

立ち止まらないとやばい。

だけど声に振り向いてもやばい。

本能的にそう思わせる背後からの呼びかけが、岡田ユキオを縛《しば》った。

◆

南条アヤトは、姉のサクヤをずっと応援していた。

親友であるレイジと姉のサクヤの仲は、アヤトから見ていてもじれったかった。

でもふたりならいつかくっついて、彼氏彼女になると思っていたのだ。

けれどサクヤはちょっと不器用だったし、レイジは自分自身の気持ちにすら鈍感《どんかん》だった。

このままだと、まずい。

アヤトはレイジに大きな恩があった。
小さい頃のことだから、レイジはもしかしたら忘れてしまっているかもしれない。
けれど確かにレイジは姉弟を、特に姉を危機から救ってくれたのだ。
アヤトはそのことをずっと覚えている。
だから親友のレイジには幸せになってほしい。
と同時に、アヤトはレイジが救ってくれた姉のことも大切だった。
どんなことをしてでも、アヤトはふたりに幸せになってほしかった。
だから、奥手なふたりの背中を押した。
自分の家で、レイジと姉がふたりっきりになれるチャンスをたくさん作った。
形はどうあれ、お互いを気にし合うふたりだ。
それだけで、あとは自動的にでもくっつくだろう。そう思っていた。
アヤトのその願いはしかし、一向に叶う気配はなかった。
なんなの？　ふたりは小学生なの!?
じれったいにもほどがあった。
このままだと、姉が大学を卒業してしまう。
もしかしたら姉はそのまま、就職のために別の所に行ってしまうかもしれない。
レイジも高校を卒業してしまったら、大学進学などで大きく環境が変わるだろう。

そうなったら余計にふたりの仲は進展しないだろうし、今より疎遠《そえん》になることだってある。

だからふたりの背中を押すような環境を準備したし、姉の相談にも乗ったのだ。

アヤトは意図的にふたりの関係性を加速させたつもりだ。

少しだけ無理矢理にでもふたりの距離を近づけさせる。

無理矢理の中で生まれたハプニングは自分がうまく受け止めるつもりだった。

だからアヤトはレイジと一緒に姉をジムまで迎えに行かず、チャンスを作った。

ただ、いざという時のフォローのためにレイジの後をそっとつけた。

いつものように、じれったいようなら背中を押すために。


そしてアヤトは、若いチンピラにナンパされた姉と、それに割って入ったレイジを見つけた。


あのレイジなら、なんなくあしらえるだろうと思い、見守るアヤト。

レイジはひょっとしたら、俺なんかよりもずっと強い。

レイジはその内面と実力がびっくりするほどちぐはぐだ。

そしてアヤトの予想通り、レイジは波風立たせることなくチンピラからふたりで逃げ出した。

さすがだとアヤトは思う。

けれどもレイジのやり方は、アヤトとは違う流儀《りゅうぎ》だ。

ここからはアヤトのやり方で、これからの心配事を消しておかなくてはならない。
それにアヤトはチンピラに純粋に怒りを覚えている。
彼は怒れば怒るほど、逆に冷静に頭が冴える性質《たち》だった。
アヤトの頰《ほお》に、獰猛《どうもう》な笑みが張り付く。
ナンパされた姉の弟は、チンピラに背後から声をかけた。

「ちょっと待てよ」

◆

振り向くとヤバすぎる……！　という岡田ユキオの気持ちに、彼の身体は背《そむ》いた。
スリラー映画を無理やり見せられているようにユキオの視界にひとりの青年が映る。
「か……伯葉西《はくばにし》中の赤い悪魔……ッ!?」
そしてユキオは、まるでテロップを読み上げるようにアヤトの二つ名《ふたな》を叫んだ。
彼に目をつけられたら街を歩けなくなる。
今は表に姿を現すことのなくなった、伝説の不良。
それが南条アヤトの、姉もレイジも知らないもう一つの顔だった。

　ユキオの知る限りでは、高校に入った時点でチームから抜け、身を引いているという噂だったが、その影響力は今でも健在。

　彼の声かけひとつで、今でも相当な人数が動くという。

　街の裏側に刻《きざ》まれたレジェンドがアヤトという存在だった。

「うちの姉貴と親友の恋のアシストをしてくれたことに免《めん》じて、見逃してやる」

　めちゃくちゃ集中して、ユキオはその意味を脳みそになじませる。

　つまり、自分はあの赤い悪魔の身内に手を出してしまったらしい……！

「失《う》せろ」

　アヤトに命じられるままに足が勝手に動き出す。

　ユキオはホウホウのていで、アヤトとは反対方向へ走り出した。

「二度とその面《つら》を俺たちの前に見せんなよ」

「わかりやしたぁ～!!」

　おもいっきり叫ぶチンピラ、岡田ユキオ。

　彼は足をぐるぐると回しながら、ぴゅ～っ！　と地平線の向こうに消えていった。

「はぁ～……」

　この肩書きに頼りたくはなかった。

　けれどあのふたりのためなら、なんでもしようとアヤトは決めていた。

「俺のアシストはここまでだぜ？　がんばれよ、姉貴……」

◆

「ここまで逃げれば大丈夫かな……」

レイジはサクヤの手を引いて駅前まで戻り、路地裏の隠れ家カフェの近くで足を止めた。

「ふぅ……」

あたりを見回し、安全を確保する。

どうやらあのチンピラは追ってくるのをやめたらしい。

なんとか危機を脱したようだった。

「レイジ……」

サクヤの胸の鼓動《こどう》が高鳴っているのは、ここまでずっと走りっぱなしだったからだけじゃなかった。

ここは、ついこの前レイジを連れてやってきたカフェの前。

駅前だが、ちょっと目につきにくくて、なぜか治安もいい。

レイジはそれを覚えていて、ここまで連れてきてくれたのだ。

「な……、なんで助けてくれたの？」

「それは……」

サクヤへと向けられるレイジの視線。

「(親友の) 大切な人……だからに決まってるじゃないですか」

「そ……そうなんだ……」

レイジ、やっぱり私のことを大切な人って言ってくれた……！

これはもう、私に告白してくれたってことよね？　そうよね!?　だったら……。

「じゃ……じゃあさ、レイジ……。私と……。つ……」

「つ……？」

「付き合ってあげてもいいわよ？」

今自分はたしかに、レイジに気持ちを伝えられただろうか。

解き放った言葉は確かに空気を震わせて、レイジの耳に届いたはずだ。

今この瞬間に、物理法則が変わってしまうわけがない。

「え……？」

だけどレイジは、

「なんでそういう話になるんですか？」

「え？　なんでって、嫌なの!?　私とじゃ……！　私のこと大切って言ったじゃない！」

サクヤは自分が暴走気味になっていることに気づいていた。

でもしかたがなかった。

これが自分なのだから。

「そりゃ、大切ですし、嫌《や》じゃないですけど……俺なんかでいいんですか？」

なんで心底《しんそこ》不思議そうな顔をするの!?

サクヤは悔《くや》しかった。

いいに決まってるじゃない……！

「正直俺ってブサイクですよね？　だから、サクヤさんに釣り合わないっていうか……」

「レイジはブサイクなんかじゃなくてカッコいいから！　もうっ！　嫌じゃないなら……」

なにをわけのわからないことをレイジは言っているんだろう。

「レイジ、私と付き合って！」

告白したと同時に、サクヤはレイジにギュッと抱きついた。

「！」

腕の中でレイジがもぞもぞと動く。

「あ、ちょ、ちょっと……」

「だめ！　逃がさないっ！」

「で、でも、当たってます……」

「そんなの関係ないから!!　付き合ってくれるって言うまで放さない！」

サクヤはレイジの胸の前で、きっと彼の顔を見上げ、

「もう……、なにぼうっと突っ立ってるの！　これが最後のお願いよ？　私を今、ぎゅっと抱きしめなさい！」

「わ、わかりました……」

レイジはそのまま、サクヤの背中に手を回し、ぎゅっとした。

「あ……っ」

レイジが大きく息を吸っている。

弟の親友の胸が大きく膨《ふく》らむ。

「それに俺、サクヤさんと、付き合います。……これは、サクヤさんにお願いされたから言ってるんじゃないですからね？」

「レイジ……」

止まっていたサクヤの息が緩み、レイジの胸の中に温かく溶ける。

「でも……」

「でも？　でもなに？」

見上げたレイジがなにか言おうとしている。

「俺……女性経験まったくないので、いろいろ教えてくださいね」

「ちょ……！」

思わずサクヤはレイジを軽く突き飛ばす。

「あ……あんた……！　何言い出してるの‼」

レイジって、本当は私が知ってるよりずっと男の子なの⁉

「付き合ってすぐ、そういうことはしないから……‼」

「え……？　デートとか……しないんですか？」

「それはするわよ！　今までも、ずっとしてたようなものじゃない！」

「え……じゃあ、何をしないんですか？」

「……それは、ふたりっきりで、する……あ、アレよ、アレ」

「アレ……？」

「も、もう！　そういうのはあんたみたいな子供には早いから‼」

サクヤはレイジの腕を取って歩き出す。

まるでもう絶対に離さない、だれにも渡さないと駄々《だだ》をこねる子供のように。

そして……。


そしてレイジは、胸の中に最近ずっと渦巻《うずま》いていた不思議な感覚に、ようやく名前を付けることができた。

それは、サクヤに対する恋心。

ずっと親友の姉に初恋をし続けていた、昔からそこにあった想いの名前だった。

◆

それから十年後……。

レイジとサクヤさんがラブラブな夫婦になったのは、また別の話。

でも
どうしよう…っ
ドキドキ
ドキドキ
レイジがすぐ
アレを求めて
きちゃったら…っ
私、ちゃんと
レイジに
まだだめ…！
って言える
かしら…!!
ズイッ
サクヤさん…
俺…もう…
そ、そんな…
レイジ…だめ…っ!!
だめだったら…!!
ぐるぐるぐるぐる
で…でも
ちょっとくらい
なら…
うわあああ!!
って、だめぇー!!
想像の中なのに
うまくできないっ!!
あ、だ…だめ
だったらレイジ!!
そんな…っ!!
あぁ♡
サ、サクヤさん…？

――とある人生の転機となる『事件』から一週間後。

ずっとずっと。

ずっとずっとずっとずっとずっとずっと片思いしていた年下の男の子と。

ついにお付き合いをすることになった十九歳、南条《なんじょう》サクヤには悩みがあった。

「(私とレイジって、本当に付き合ってるんだよね……？)」

大学敷地内に新設されたカフェの一角で、サクヤはかすかに唇《くちびる》を結ぶ。

カフェには多くの学生がいた。

もちろん男子学生も複数人おり、ただいるだけで華《はな》やかなサクヤに視線を送っている者も少なくない。

ミス・キャンパスという催《もよお》しは、SNSが一般的になった昨今、あまり知られてはいないが控《ひか》えられる傾向にあった。

サクヤの通う大学でも数年前から延期という名目で継続審議の憂《う》き目にあっているその行事。

しかし男子学生の欲望、好奇心と推《お》しへの愛は不滅に近い。

よって行動力だけは高い有志が中心となり、今もミス・キャンパスは密《ひそ》かに開催されている。

南条サクヤはその存在をもちろん知らない。

なんせ彼女は、異性関係は年下の、弟の友人にしか興味を示さない変態である。

だが、同年代の男子学生の目も気になり、サクヤをライバル視している複数の女子学生は、いわゆるその『裏・ミス・キャンパス』を知り、彼女をどうにか排除《はいじょ》しようと暗躍《あんやく》しているのだが、それでもサクヤはトップ3の中に食《ひ》い込み続けているのだ。

結果、彼女の存在は大学内で人目を惹き続けている。

そしてサクヤはその人目の規模を勘違《かんちが》いしている節《ふし》がある。

彼女も自分が周囲からなんやかやとウワサされていることには気づいている。

それに気づかないほど空気が読めないわけではない。

だがそれが『学内全体規模で』となっていることには気がつけない程度には視野が狭い。

きっと「恋愛経験が豊富そう」とか、思われてるんだろうな程度のウワサだと思っている。

現に、ゼミの集まりでキレイめの女子に言われたことがあるのだ。

「南条さんて、きっとこれまですごいたくさん男の子と付き合ってますよね～。なんで今はフリーなんですか～?」

みたいな感じの、こっちを上げてるんだか下げてるんだか嫌味なんだかよくわからないことを。

「え、どう思う……？」

と、その場は軽くいなし、その後の流れはあまり記憶にないサクヤだが。

実のところ、サクヤにはこれまで男性経験はない。

ひとりの男子とも付き合ったり、仲良くしたことがない。

平宮《ひらみや》レイジとのこの関係性――彼氏彼女の間柄《あいだがら》は、生まれて初めてなのである。

それらはすべて、これからレイジと経験していく予定だ。

――もちろん頭では色々知っていた。

きっと、そういう関係は幸せで楽しいものなんだろうなと何度も妄想《もうそう》していた。

けれども、世界のフィルターが何枚もめくられて、今まで感じていたものを全部最初から学び直さないといけないんじゃないかというくらい新鮮に感じられてしまうなんて知らなかった。

なぜか付き合い始めてからの方が、レイジに対して全身がドキドキしてしまっている。

来年、自分は二十歳《はたち》なのに。

もう大人なのに。

――ついにレイジとお付き合いをすることができた十九歳、南条サクヤには悩みがあった。

ドキドキしすぎて、幸せ過ぎてどうしていいかわからない。

それなのに、付き合う前と後の違いがわからない。

表面的にはこれまでと同じ状態……。

これで、本当に付き合っていると言えるのか。

「(なんなの私、これじゃあ小学生みたいじゃない……っ)」

◆

大学から早めに帰ってきたサクヤはそれから、自宅の廊下でレイジを待っていた。

大きめの段ボールに隠れて。

自分のやっていることが小学生みたいと焦《あせ》り、考え抜いてとった行動が、これだった。

「(これならレイジもびっくりして、反応してくれるはず!)」

段ボール独特の工作室っぽい臭《にお》いを嗅《か》ぎながら、サクヤはまた思い出す。

ナンパされていた自分を、颯爽《さっそう》と現れたレイジが助け出し、逃がしてくれたこと。

それからもう我慢《がまん》できなくなって、自分から告白してしまったこと。

それを受け止めてもらったこと。

あの時のレイジは本当にかっこよかった……。

サクヤは、一週間前のあの時からできるようになった幸せのため息を吐き出す。

今やふたりは両想い。

気持ちをお互いに確かめ合った特別な関係なのだ。

それはわかっている。

だが改めて、付き合うってなんなのだろうと体育座りで段ボールに収まるサクヤは思う。

本当に、なにをしていいのかわからない。

けれどそんな子供みたいな自分は知られたくない。

自分は年上のお姉さんなのだ。

レイジの手を取り正しい恋愛の道に導くのが自分の役割。

だからこうして、もっとコミュニケーションをとるのだ……！


ぴんぽーん、と家のチャイムが鳴らされる。


とっさにサクヤはスマホをチェックする。

レイジから家に帰宅（※帰宅ではない）する際にメッセージが来るんじゃないかと思ったのだ。

だが、着信はなし。

もしかしたら玄関の向こうにいるのはレイジではないのだろうか。

がちゃりと鍵《かぎ》が回される音。

ということは、弟のアヤト？

もしかしてアヤトと一緒にレイジもいるのかも？？

サクヤの作戦では、ひとりでやってきたレイジに、スマホを使って、あらかじめポストの中に隠した鍵の存在を教え、家に入って来てもらうはずだった。

玄関から靴を脱いで上がってきた誰かは、廊下をこちらへと向かってくる。

どうやらひとり。

想定外のことに、段ボール内で動けないままのサクヤ。

なにもできないまま頭上、箱のフタを開けられてしまう。

「なにやってるんですか……？　サクヤさん」

「えっ⁉　レイジ⁉　ちょっ……！　な、なにっ⁉」

そして思わず体育座りのまま叫んでしまう。

「レイジ、なんであんたまで段ボールの中に入ってくるの⁉　せ、狭いじゃないっ！」

「サクヤさんこそなにやってるんですか。こんなところに入って」

「ちょっとなんでフタを閉めるの⁉　や、やだっ！　……レイジ⁉　く、暗いんだけど⁉」

「いや、サクヤさんの気持ちになってみようかと思って……」

段ボールの中は当然のように狭い。

なのにレイジはさも当然のように身を寄せてくる。

ちょっとぐいぐいくっついてくるくらいに。

「あ……っ、ああっ……！」

サクヤには逃げ場がなかった。

こんなことになるなんて思わなかった。

まさかレイジがこの中に入ってくるなんて……！

本当なら、箱を怪《あや》しんだレイジの目の前でばばーんっと立ち上がり、彼をびっくりさせてペースをつかむ予定だったのだ。

「中、けっこうあったかいですね……」

意味のわからないことを言ってさらに段ボール内に身体《からだ》を馴染《なじ》ませてくるレイジ。

近い……!!　近い近い!!

レイジの息が、ふっとサクヤにかかり、思わずサクヤはスーハースーハー！

「だ、だめっ！」

このまま、レイジの思うがままペースをつかまれたらお姉さんの沽券《こけん》にかかわる。

「んあ～……っ!!」

瞬間、サクヤはフルパワーで、たたんでいた両足を前に伸ばした。

ばりーん!!

段ボールが崩壊《ほうかい》する。

ばっくりと二つに裂けて段ボールが開き、サクヤとレイジを外へと解放した。

「うお……っ！」

突然のことに驚くレイジ。

その隙《すき》にサクヤは立ち上がり、

「つ、付き合ってるっていっても、そういうのはまだ早いって言ってるでしょ!?」

レイジの頭をぺんっとはたいた。

「え……、段ボールに一緒に入ってもだめなんですか？」

「そ、そういうんじゃなくて……、もう、バカ！」

サクヤは赤く熱くなった頰《ほお》を見られないようにレイジに背を向ける。

「その段ボール、片付けておきなさいよね？」

えええ……とうめき声を出すレイジを置いて、サクヤはリビングに移動する。

あんなことされたら、こちらがもたないのだ。

全力でレイジに愛情表現してしまいたくなってしまう。

あんなにいきなり、接近されたら。

一週間前、あれだけドラマチックな場面で告白できたにもかかわらず、

「付き合ってもいいわよ？」

は言えても、

『好き！　大好き！　レイジ愛してる！』

は言えていないサクヤである。

言葉にして言えないばかりか、態度に出すのも恥《は》ずかしい。

「あの……サクヤさん」

「な、なに……？」

できるだけ何事もなかったように、リビングの入口に立つレイジの方を振り向く。

「駅で、サクヤさんの好きなアップルパイ、買ってきました。お茶淹《い》れるので食べませんか？」

「…………!!」

好きぃぃぃ……！　と絶叫したくなる気持ちをどうにか抑え込む。

「そ、そう。いいんじゃない？　じゃあ私は、テーブルの上、片付けるから」

ありがとうという言葉すら、最後にぼそぼそっとしか言えない。

でも、言えたのだ。きちんとレイジに、お礼の言葉を（※言えていない）。

今ので少しは彼に愛情が伝わったに違いない。

この調子だ。

サクヤはそれからも、帰ってきた弟のアヤトの目を盗み、さらなるコミュニケーションに挑《いど》む。

　彼女も今日、実はレイジの好きなものを買って来ていた。

「(こういうところ、気が合うと思う……！)」

　サクヤはそう思って、レイジの好きなスーパーのお寿司《すし》を用意する。

　彼はこれが好きなのだ。

　もちろんワサビマシマシで。

「ふぐぅぅううう～!!」

　けれど大好きなサーモンを吐き出すわけにもいかないレイジは、涙を流しながら飲み込む。

「なんなんですかこのワサビの量！　掘ってある！　シャリを掘ってクリームパンのクリームみたいにワサビが入ってます！」

「男の子が泣くなんて、レイジ。鍛《きた》え方が足りないわよ？」

「ワサビってどうやって鍛えたらいいんですか!?」

　涙目のレイジに、やはりサクヤはゾクゾクしている。

　レイジの強い思いを受け止めると、脳の真ん中に甘い痺《しび》れが走る。

　もはや中毒。

　そこにさらに、彼とは一歩踏み込んだ関係だという事実が加わり、ドキドキも止まらない。

　――夜半《やはん》。

彼が風呂に入るというので、サクヤは用意しておいたとっておきの入浴剤を用意する。

「ちょ、ちょっとだめですってサクヤさん！　水着が溶けちゃいますよ⁉」

案の定、レイジは慌《あわ》てふためいてくれる。

サクヤがレイジがいる浴室に突入し、湯船の中に投入したのはスライム化入浴剤。

サクヤが用意したものにしては安全だと思って、

「スライム風呂の入浴剤……そんなのあるんですか……」

と、のん気なことを言っていたレイジだったが、次のサクヤの言葉に慌てることになる。

「レイジはハダカだからいいけど、そのスライムって服を溶かしちゃうのよね」

「じゃあ入ってこようとしないでください！　フツーに水着じゃないですかサクヤさん！」

「だってレイジ、私のほう見ないでくれるでしょ？」

「そうですけど‼　あ、だ、だめですしゃがんだら！」

そして「水着が溶けちゃいますよ⁉」というレイジの絶叫に繋《つな》がる。

結果はもちろん、水着は溶けなかったのだが、溶けたと思い込んだレイジは目をつぶって決して水着姿のサクヤを見ようとしなかったのだ。

会心《かいしん》の反応。やっぱりレイジはいい。

思った以上にコミュニケーションが取れている。

それに、こちらが主導権を握れば、段ボールの時のようなドキマギは少ないこともわかった。

もちろん胸は激しくドキドキしてしまっているが、相手はハダカ。

自分は水着なのだからドキドキくらいはするだろう。

それからもサクヤの蛮行《ばんこう》は続く。

寝る時間となれば、弟のアヤトの部屋のベッドの下に潜《ひそ》み、ふたりが寝静まるまで待機。

部屋の住人が脱出に失敗したバージョンの『ベッドの下の斧男《おのおとこ》』のような展開で、サクヤはレイジを強襲《きょうしゅう》することにも大成功。

涙目のレイジを後にして、サクヤは気分よく自分の部屋に戻り、ベッドに潜《もぐ》り込む。

そして満たされた欲望に満足感を抱いて眠りにつくのだった。

「……って、これでおしまいぃぃぃ!?」

がばっと勢いよくサクヤは上半身を起こした。

「これじゃあやっぱり、いつもと変わらなくない!?　私、なにか間違ってるの!?」

サクヤは自分の何が悪かったのか思い返す。

いつも以上に自分は頑張ったはずなのに……!

さらには、

「嘘《うそ》でしょ……?」

付き合う前と変わらないどころか、接触回数すら微妙に減っていることに気がつく。

「彼氏彼女ってこういうものじゃない気がするんだけど……?」

いや……焦りすぎかもしれない。

付き合い始めてから、まだ一週間。
そう、一週間しか経《た》っていないのだ。
その前は十年以上、弟の友達と、友達の姉という関係を続けてきたのだ。
すぐになにかが変わる方がおかしい。
きっと一カ月も経てば、いわゆるラブラブなふたりになっているかもしれない。
そもそも今レイジは、まだ弟の友人としてこの家に遊びに来ているのだ。
彼女である私に会いに来ているわけじゃない。
レイジはきっと、これからは彼女である私に会いに、この家に来ることになるだろう。
「やっぱり、焦りすぎよね」

◆

――そして一カ月が過ぎた。

「なんでなんにも変わらないの……!?」

そう訴えたサクヤがいるのは、大学の図書館内に設けられた多目的談話室だった。

大声で騒いでも外の読書スペースに声が届かないのをいいことに、サクヤは声を荒らげる。

「こまったねぇ……？」

そう、あまり困っていなさそうな声で応《こた》えたのは伊藤《いとう》エリナという同じゼミ生。

本人は自分がふくよか過ぎると思っているが、水着姿などを見た異性からは「どんな奇跡が？」と思われてしまう恵まれたボディをもった女子大生だった。

しかし、特殊なモデル体型過ぎて普段着が恐ろしいほど似合わなく、さらには黒縁眼鏡《くろぶちめがね》。

だが一発でエリナの特殊性を見抜いたサクヤが面白《おもしろ》がっているうちに友達になったという経緯《いき》緯《さつ》がある。

エリナはイメージ通りの柔らかい声でサクヤに尋《たず》ねる。

「でも彼氏さん、年下の高校生なんでしょ……？」

「うん……」

友人から言われ、改めて思い返す。

そう。レイジは高校生。まだまだ子供で……。

「高校生男子が、こんな美人の女子大学生とお付き合いして、なんにも手を出さないなんて、それは心配よねぇ……」

「……は？」

「うちにも弟がいるけど、それはそれはぐつぐつ煮立った性欲の塊《かたまり》みたいな存在よ？」

「え……？」

「えっと……彼氏さんて、サクヤの弟の友人で、家にも毎週来るくらい、仲がいいのよね？」

「うん……」

「う〜ん……思い過ごしかもしれないけど……、もしかして、本当に彼氏さんが付き合ってるのって……」

あなたの弟さんなんじゃない？　という言葉が、サクヤの脳裏《のうり》にぐりぐりと刻《きざ》まれた。

「そ、そんなのあり得る!?」

「よくある話だけど……？」

「よくある話なの!?」

念のためにサクヤがまだ知らない情報を添えておくと、この伊藤エリナはいわゆる腐女子《ふじょし》というジャンルに属していた。

ＢＬ展開よ、世にあふれよ。

男の子同士で産めよ増やせよ地を埋め尽くせ。

我《われ》はそれを愛《め》でながらひっそりと暮らす者なり。

と思いながら生きている存在なので、「よくある話」ではないし、レイジとアヤトはそういう関係ではない。

だが、疑心暗鬼《ぎしんあんき》に陥《おちい》って数少ない友人に相談してまでなんとかしたかったサクヤはちょっと疑った。

弟と、自分の彼氏が本当はデキていて、自分はいわゆるカバーなのでは、と。

「そういえば……」

「まさか、なにか心当たりがあるの?」

眉根《まゆね》を寄せるサクヤに、エリナは瞳《ひとみ》を輝かせる。

サクヤは思い返す。

そういえば、アヤトとレイジのメッセージのやり取りがいつもより多い気がしていたのだ。

たまらず、サクヤはスマホを取り出し、レイジにメッセージを送ってしまう。

サクヤ〉ねえレイジ。私たちって、付き合ってるのよね?

すぐに既読《きどく》が付き、返事が返ってきた。

レイジ〉はい。付き合ってます。

「よっしゃ!!」

思わずサクヤはガッツポーズで立ち上がる。

「あらあら……」

サクヤが見せつけてくるスマホを見てエリナは小首をかしげる。

気分がよくなったサクヤは、帰りに相談に乗ってくれたエリナにご飯を奢《おご》った。

だが、自宅でぼうっとしているとふと、色々と気になってくることが出てきた。

改めてレイジと付き合ってることは確認できた。

けれど、レイジと弟のアヤトとの間でメッセージが激増している理由は謎のままだった。

「私とはそんなにメッセージでやり取りしてないのに……？」

そういえば、さっきのレイジとのやり取りもそっけなさすぎじゃ……？

不安が不安を呼んで、良からぬことを考えてしまう。

「もしかして……」

……私と付き合ってみてもなんだかしっくりこないから、

「やっぱり、別れる……とか？」

ひゅっと息を呑《の》んで、そのまま吐き出せなくなる。

もしかして、まさか……!?

気がつけばサクヤは、風呂に入っている弟のアヤトのスマホを見つめていた。

当たり前だが、しっかりロックがかかっている。
だが、日々の生活が一緒なせいでサクヤは弟のスマホの暗証番号六桁《けた》を知っている。
やろうと思えば、できちゃうのだ。
その誘惑に、サクヤは耐えた。
確かめたい誘惑になぜ自分自身が打ち勝てたのかが不思議なくらいだった。
「ふ～……っ」
サクヤはリビングルームで、ジムのトレーナー直伝《じきでん》の筋トレを始める。
ダンベルを使ったフルスクワットだ。
すべては自分の妄想だ。
レイジと付き合っているという状況が、彼を知らない別人のように思わせている。
そうじゃないだろう。
レイジはレイジだ。
彼は悩み事や隠し事をすればすぐに態度と顔に出る。
別れる別れないみたいなことを考えているならすぐにわかる。
それに、メッセージであってもウソをつくことはない。
彼は確かに、「はい、付き合ってます」と言ってくれたのだ。

レイジとの距離感が変わっていないからといって、彼を一方的に疑うなんて。

「というか……」

私のような大学生と付き合うことに対して、高校生であるレイジは気後《きおく》れしているのでは？

しっくりと、胸にその考えが収まる。

そもそもレイジは自分に自信がなさすぎる。

「なんでなのかしらね……」

何気なく、風呂上がりのアヤトに尋ねるともなくサクヤは聞いてみる。

「え……？」

コーラを飲んでいたアヤトはぎょっとした目で姉を見ていた。

「姉貴、覚えてないの……？」

「は？」

「あいつがああなったの、姉貴のせいだと思うんだけど……？」

「……え？」


そして、それから四十分後……。

——彼が今のように、どちらかと言えば物事を悲観的にとらえて、控えめな態度をとるようになってしまった原因。

それが自分にあると弟のアヤトに指摘《してき》され、とある過去のエピソードを聞いたサクヤは、すぐさまレイジに連絡を取り、彼の家と自分の家の真ん中くらいにあるコンビニへと呼び出した。

「ちょっと今いい？　話があるんだけど……！」

夜半にもかかわらず「なんだか大切なことみたいですから」と来てくれたレイジ。

サクヤはそんなレイジの心遣《こころづか》いに胸を打たれながらも、幼《おさな》い頃のことを打ち明ける。

幼い頃、自分がレイジに言ってしまったことを。

「ご……ごめんね？　レイジ……」

「あ、ええとそれ……違うんです」

「え？　ち、違う!?」

「というか……逆です。俺もサクヤさんと、こうしてお付き合いするようになって思い出したんですが……」

レイジは照《て》れたように頭を掻《か》き、

「俺、あの時サクヤさんにああ言ってもらえて、すごく救われてて……」

……レイジの両親は、いわゆる芸能人だった。

父は有名なジャズミュージシャンで、母はヨガとナチュラルフードの講師を今もしている。

ふたりの結婚は当時それなりに話題となり、芸能人夫婦としてテレビでも話題になった。

レイジの両親はその成功をきっかけに、思ったのだろう。

この路線で、生きていけるのではないかと。

ふたりは生まれたばかりのレイジを、ショービジネスの世界に連れ出し、その躍進《やくしん》に利用した。

「でも、俺ってもともと、こういう性格で……」

どうやらレイジのパーソナリティは、両親の社交的過ぎる性質を受け継いでいなかったのだろう。

父や母とは違い、表と裏の差が激しく、さまざまな思惑《おもわく》が絡《から》み合う芸能界の波に乗ることができず、幼いレイジは精神的にボロボロになった。

そもそも向いていなかったのだ。だが両親はそれが理解できていなかった。

当時のレイジには、本当は医学的な療養が必要だったはずだ。

だが、自分の子供がそういう状態になっているとは気づかず、ただ使えなくなってしまったレイジを前に途方に暮れていた両親に声をかけたのが、サクヤとアヤトの両親だった。

レイジの両親と親友だったサクヤの父が、レイジを一時、自宅に引き取る形で保護したのだ。

「あれって、そうだったんだ……」

「俺も高校に入るときに、サクヤさんのお父さんから聞いたんです……」

一時的に引き取られた当初、レイジは重症だったらしい。

類《たぐい》まれなる両親から生まれた神童《しんどう》というキャラで芸能界に放り込まれ、思いっきり価値観や情操《じょうそう》を壊されていた。

レイジは過剰《かじょう》にチヤホヤされたり、言葉だけ優しく近寄ってきた者の悪意に翻弄《ほんろう》され続けていたのだ。

さらには「自分はそんなものじゃないのに！」という心の内の叫びはどこにも届かず、精神的な抑圧となって自分自身をずたずたにしてしまっていた。

「でも、サクヤさんの俺への言葉は、あの時のそんな周囲の言葉と全然違ってて……」

レイジは人気《ひとけ》のないコンビニのイートインコーナーで、サクヤに打ち明ける。

「確かにサクヤさんはあの頃、俺に『ばか』とか『ぶさいく！』って言ってたつもりでしょうけど、俺にはそうは聞こえませんでした」

そう、サクヤはそんなレイジに、いじわるな言葉をたくさんぶつけていたのだ。

だって、時折家に姿を見せてくれていた天使のような少年と、これからしばらく一緒に暮らすことになってしまったのだ。

小さな時のサクヤは、いまよりもっと素直じゃなかった。

だからレイジは今のような性格になってしまったのだとアヤトに聞かされ、サクヤは驚いた。

そして慌ててレイジに謝ったのだが……。

「あの時サクヤさんが近くにいてくれて、本当によかった……。俺、サクヤさんがいなかったら本当にやばかったと思います」

レイジが無限に優しい。

「まあ、俺もそれから色々あって、サクヤさんのそんな態度を誤解し始めちゃったんですけど……」

そしてそこで、レイジは、「あ……」と何かに気づいたように、

「ああ、だからサクヤさんって、昔から今まで、ずっと俺にいじわるしてたんですか？」

「そ、そういうんじゃないけど……っ！」

「じゃあ……、そういうことにしておきますね」

……サクヤは顔を赤くしながらレイジをコンビニ前で見送り、心を決める。

◆

eスポーツ大会に、飛び込み参加枠《わく》があることは珍《めずら》しい。

「（はぁぁあもぉおおっ！　レイジ好きぃぃいいっ！　ばかぁぁああ！）」

大スクリーンにレイジの操《あやつ》っていたキャラクターが大写しになり、オンライン含め総勢百人のプレイヤーの頂点に立ったことが示された。

サクヤは両方の手のひらで口元を覆《おお》い、想いを心の中で絶叫している。

かなりの盛り上がりを見せる大勢の観客に紛《まぎ》れた彼女の視線の先には、ステージングトラック上にいる彼氏——レイジの背中が映っている。

さらには、eスポーツ大会がこのような駅直結型の大型イベント会場の駐車場を貸し切り、休日の人出を集めるように開催されることも稀《まれ》だった。

十トンのロングウイング車を改造して作られたステージングトラックが三台、ずらりと並ぶ。ラッピングには新興のゲーミング・サプライメーカーのグラフィカルなロゴが躍《おど》っていた。

きっとこの新興メーカーはまだまだeスポーツは閉鎖《へいさ》的だと感じていたのだろう。

若いカップルや親子連れも訪れる、オープンしたばかりの複合型ショッピングモールも併設《へいさつ》された駅施設にほど近い場所で、その催《もよお》しは開かれていた。

そしてその企画《きかく》は、どうやら当たったようだった。

ゲーマーたちのプレイを大画面で見ようと集まった観客は、普段はそこまでゲームをやらなそうな客層であふれている。

プレイヤーたちもいつもとは質の違う歓声に新鮮な喜びを感じているようだった。

いわゆるバトルロワイヤル形式の百人参加型ゲーム、『世紀末割拠《かっきょ》』の名も、観客に深く刻み込まれ始めていた。

eスポーツをより身近なものとして感じてもらうための試《こころ》みは場所だけではなく、ゲーム参加者募集の形でも表されていた。

それがｅスポーツには珍しい飛び込み参加枠の存在だった。

サクヤはネットの海をクラゲのようにぷかぷかと回遊し、弟のアヤトにも協力してもらい、この大会を知った。

そして、

「買い物について来て？」

という口実で、ショッピングモールに足を延《の》ばし、

「あ、なんかやってる！　見に行かない？」

とあくまで自然にレイジを誘導し、飛び込みのｅスポーツ大会に参加させることに成功したのだ。

目的はただひとつ。

レイジに、自信をもってもらうためだ。

そしてサクヤの思った通りレイジは一般参加で優勝し、これから本戦に出場するのだ。

スモブロで、自分はよくレイジに勝てたものだと我ながら感心してしまう。

弟のアヤトに頼んで対レイジ戦のための猛特訓をしたとはいえ、ポテンシャル激高《げきだか》なレイジに勝てたのは彼が本当はどこかで手加減してくれていたからに違いない。

ジムに行ったときにも判明したように、彼は大抵《たいてい》のことを上手にやりこなすことができる。

だからこそ、自信さえもってもらえれば、彼の人生はひと皮もふた皮も剝《む》けるはず。

レイジはこの前「自分はもともとこういう性格で……」と言っていた。

確かにレイジは人を押しのけたり、自分自身の勝利のために前に出るという性格ではない。

そんなレイジだからこそ、サクヤは好きになった部分が大きい。

でもサクヤは知っている。

レイジがとっても素敵《すてき》なことを知っている。

そして彼は、自分自身を過小評価しすぎている。

自分が大好きなレイジは、もっともっととってもすごいのだ。

レイジは、そんな自分自身を認めてあげてほしい。

自信満々になれとは言わない。

ただ、レイジにはレイジがもっている素敵な部分をわかってほしい。

自分は素敵な人間なのだと。

そこでサクヤはとある作戦を立てるに至《いた》った。

その名も、『レイジくん、自分の才能に気がつく大作戦』。

これによりレイジは自分自身を再確認するはずだった。

そうすれば今まで見えなかった自分自身の選択肢《し》に気づき、彼の未来は大きく広がるはず。

たとえば彼をこうして、誰もが素直にレイジの実力に感心し、拍手《はくしゅ》と喝采《かっさい》を浴びせるような場に立たせれば。

　少しずつ。

　けれどやがては大きく、彼は自分を認めていくんじゃないか……。

　それが今、レイジを大切に思う自分ができることだと思ったのだ。

　そして自分を認めて今より大胆になった彼は、きっと今のふたりの状況も変えてくれるに違いない……!!

　つまり、もっともっとレイジはラブラブ積極的になってくれるはず！

　そんな下心込みで、参加を勧《すす》めた結果。

　彼は観戦している時からゲームの要点を摑《つか》みつつ、多くの一般参加者に交じって参加。

　初見にもかかわらず、本戦出場を果たす。

　そして、大勢の観客とサクヤの見守る中での本戦でも、彼の活躍は止まらなかった。

　総合優勝こそ逃したものの、その後優勝カップを手にしたプレイヤーとゲーム内でレイジの意図せぬ『魅《み》せプレイ』の末に敗《やぶ》れるという、ＭＶＰ級の活躍をしてみせたのだ。

　今回プレイしたゲーム。

『世紀末割拠』は、銃火器を使ってのバトルロワイヤルシューティングの体裁《ていさい》を持つゲームだ。

　しかしじつはこのゲーム、企画段階ではすべてのプレイヤーは最後まで素手《すで》格闘、つまり徒《と》手空拳《しゅくうけん》を想定したルールだった。

己《おのれ》が鍛え上げた格闘技を使って、無人島にいる他のプレイヤー九十九人を倒すゲーム、それが最初期の『世紀末割拠』だったのだ。

しかし制作途中でテコ入れが入り、普通によくあるバトロワ系ゲーム同様、銃火器を導入。結果、銃火器がなにより強いが、実は格闘ゲームの要素も密かに入ったままリリースされた経緯がある。

ゲームの要点はつかんだものの、ルールの把握《はあく》がいまいちだったレイジは銃火器を無視し、素手で他のプレイヤーをなぎ倒し始めた。

そして銃器VS素手というロマン魅せプレイで実況中継を独占し、あと一撃というところでプロゲーマーにやられてしまったのだ。

奮闘《ふんとう》したものの敗北したレイジがゲームアウトしたその瞬間、大きな拍手が試合会場を包んだ。

そして世界中で中継を見ていた『世紀末割拠』プレイヤーからも称賛《しょうさん》は飛んでいた。

このレイジのプレイがきっかけで、銃火器を使わない、また、銃火器＋格闘でのコンバットテクニックやそれ専用のルールやゲームモードが『世紀末割拠』に、いわば再導入されることになるのだが、それはまた別の話として……。

もちろん、それらの事情があんまりわかっていないサクヤも、目をハートにして心の中で叫んでいる。

なんかすごい！　と。

負けたレイジはステージから降り、ｅスポーツチームのスカウトマンたちから何枚も名刺《めいし》を手渡されながら、ようやくサクヤの前に戻って来る。

「遅くなりました。すいません、サクヤさん。かなり待ちましたよね」

「気にしなくていいよレイジ。私が参加してみなよって言ったんだし」

サクヤは辛《かろ》うじて、年上のクールさを滲《にじ》ませてレイジに目を細めてみせる。

「それにしてもレイジってやっぱりすごいんだね」

「そうですかね……。みんなすごいと思いますけど……」

なにかがしっくり来ていないのか、いつもの表情で首をかしげて頭を掻いている。

「それより、ありがとうございました。楽しかったですし。でも……」

思案するように、レイジの瞳にぐっと力が入る。

「サクヤさん、まだ買い物とか楽しめてないですよね。だから俺、ここからはサクヤさんに付き合います。なんでも言ってください」

「……………っ、そ、そう？　じゃあ、付き合ってもらっちゃおうかな」

そんなセリフにキュン死するかと思ったが、どうにかサクヤは命脈を保つ。

ここで死ぬわけにはいかない。

レイジの言葉に調子を狂わされそうになる鼓動《こどう》と思考をできるだけ冷静に。

レイジと一緒にいて、楽しめてないわけがない。

めちゃくちゃ楽しませてもらっている。

レイジ、かっこよすぎ……！

「(じゃなくて……！)」

私が楽しまされてどうするんだ！

私がこれ以上レイジを好き好きになっても……それはそれでいいけど！

私はもっと、彼に自分自身を好き好きになってもらわないといけないのに……！

——だが、結果的にそれからも、サクヤは何度もレイジを好き好きにされてしまう。


それからサクヤは毎週のように、彼が活躍できそうなイベントを見つけては彼を駆り出した。

時には少し足を延ばし、経路を工夫し、できるだけ自然さを保ったままきっかけを作る。

そしてレイジの躍進は止まらなかった。

『大食い選手権』では後半に果敢《かかん》な追い上げを見せ、それに焦った数々の大食い実力者に自己新記録を更新され、上位入賞を逃したが、敢闘《かんとう》賞に輝いた。

『雑学王選手権』でも、優勝レースからは中盤の時点で外れてしまったが、決勝に繋がる問題で解答の不備を申し出て、両解答者が正解だったという劇的な流れをもたらした。

『イケメンフェス』でも、サクヤのアレンジで出場したレイジは、お気に入りの某イケメンモデルの優勝を画策《かくさく》したとある審査員の票を逃して伸び悩んだものの、当の審査員にフェス終了後に声をかけられ、連絡先を交換している。

　こうして出場したイベントで多くの友人を作り、関係者にもしっかりと覚えられるという実績を作ったレイジ。

　だが、いぶし銀の活躍をしたレイジはどんなシチュエーションを潜《くぐ》り抜けてもフラットだった。

　逆に感心するくらいの「浮かれなさ」でサクヤを驚かせ続けていた。

　将来の可能性を開くきっかけをいくつも目の前にしても、常《つね》に控えめなレイジ。

　彼の「自信がない」「他のみなさんの方が……」という態度と並んで、

「自分には、ちょっとまだ……」

　自分自身の持つ可能性にレイジは関心がないようなのだ。

　よく言えば、気負いがない。

　けれど見方によっては後ろ向きにも見えるレイジの様子にサクヤの感じるもどかしさはさらに増してしまう。

　彼のポテンシャルは本物だった！　サクヤの胸はこんなにも高鳴っているのに。

「（あぁんもう！　あとちょっと……！　あとちょっとだと思うのに……！）」

　けれどこれらの経験が、いつかレイジの中で芽吹《めぶ》く可能性にかけて。

サクヤは今日も情報収集を続けるのだった。

◆

このたびお付き合いすることとなった友人の姉。

南条サクヤさんがこれからのふたりの仲の進展に悩み続ける一方で……。

レイジもまた、同じような悩みを抱えて日々を過ごしていた。

「はぁ～……」

親友の南条アヤトと共に通う共学の公立高校。

その教室で吐くレイジのため息に、数人の男子が。

そしてその倍くらいの女子が、彼の変化に気づいたかもしれない空気が漂う。

今までのレイジの雰囲気《ふんいき》と、最近なにかが違う気がする。

具体的にそうと気づいたのは、率としては女子の方が多い。

そう。レイジのため息は、思春期特有の焦りで空回《からまわ》りするエネルギーを、がしっと受け止める異性という歯車の獲得者ならではのそれ。

つまりレイジに彼女ができたんじゃないかという推測《すいそく》にクラスの一部が色めき立ちはじめる。

なぜかプロの『陰《いん》キャ』キャラを極《きわ》めようとしているレイジは、アヤトと並んで実のところ、このクラスの柱のひとつだった。

勉強や運動が人一倍できるのに、それを少しも鼻にかけず、常に周囲への敬意、リスペクトを心がけている彼のおかげで、クラス全体の雰囲気は物凄《ものすご》くいいのだ。

おそらくその空気は学年全体にも影響を与えている。

彼の学年には、変にかっこつけて目立つより、レイジのような紳士的な態度の方がかっこいいというロールモデルが定着していたのだ。

しかもレイジは学内、学外を問わず幅広く強いコネクションを持つ南条アヤトの親友。

閉鎖的な学校という領域は多くの学生の息を詰まらせる。

だが、それ以外の世界に強く太いパイプをなぜか複数持っているアヤトの影響力は学校内で大きかった。

学内の信頼と、学外の信用。

別の長所でもってお互いをカバーしあうレイジとアヤトのふたりがいるおかげで、不届きな教師からのパワハラ的な指導すら減っているのだ。

そんなクラスの大切な主戦力キャラクターである平宮レイジに、彼女が？

とりあえずそう察した級友の心境は男女とも複雑だった。

……なるべく彼、レイジには幸せになってもらいたい……。

そもそも今まで彼女がいなかったのが不思議なくらいだ。

なぜかプロの陰キャを極めようとして、そのスペックの高さから完全に陰キャムーブをマスターしてしまっているレイジ。

学年全体の陰キャの守護神であり、陰キャ連合の友人たちを大切な仲間として普段は過ごしているレイジだったが、そのオーラまでは陰《かげ》に隠しきれるものではない。

そのオーラに近寄れないだけで、多くの女子がその射程圏《けん》に常にレイジをとらえている。

だが、そんな一歩進んだ、今まで持っていなかった雰囲気さえ魅力のひとつに変えて、レイジはぽつんとひとり。

頬杖《ほおづえ》を突いていつものように窓際の席から外を眺《なが》めていた。

——なぜ恋愛の悩みはループしてしまうのだろう。

彼もまた、淡白には見えても男子である。

魅力的な年上の彼女ができて嬉《うれ》しくないわけでも、浮き足立たないわけでもない。

そして同年代の者と同様の、いわゆるエッチな知識も普通にあった。

彼氏彼女として付き合ったふたりがどのような関係を作り上げていくか。

それももちろん、ある程度以上の知識はあるつもりだった。

けれども、年下として色々教えてもらえるという甘えがあったのだろう。

サクヤさんとの仲が、告白する前とした後で、全然変わらないのは予想外だった。

確かに、毎週どこかに一緒にいくようなことは増えた。

自分を楽しませてくれるよう、色々工夫してくれているのもわかる。

とても嬉しい。

でも、こちらがもう一歩……いや、半歩踏み出そうとすると、サクヤさんはなぜか昔のまま、そこに留まろうとする雰囲気を醸《かも》し出す。

照れているのかと思えば、それを楽しんでいるようにも見える。

一人で悩んでいてもうまくいかなかったレイジは、アヤトに相談する。

アヤト＼／まあ……、言ってみれば姉貴とレイジは幼馴染《おさななじ》みみたいなもんだしな……。

アヤト＼／これまでの習慣を変えるには、なんかきっかけが必要かもな。

スマホを通して色々やり取りし、出てきた答えがこれだった。

きっかけが必要。

現状を打破《だは》するなにか。

流れを変えるための行動を起こすのだ。

「……やっぱり、俺からもちゃんと告白しよう」

そしてそれがレイジの出した結論。

付き合うための告白はあった。

けれどそれは、付き合うことを約束しただけだった。

しかもサクヤさんから。

レイジはきちんと、自分の気持ちをサクヤさんに伝えたいと思った。

なによりこの前、夜のコンビニに呼び出されて、改めてサクヤさんの優しさを思い知ったレイジである。

きっとそれがきっかけになって、ふたりは本当の彼氏彼女みたいになれるんじゃないだろうか……。

でもそのためには、レイジにもきっかけが必要だった。

このまま放課後、サクヤさんの家に行って全《すべ》てを言葉にするなんて無理だった。

だからプレゼントを用意する。

自分の気持ちを形にしたそれを差し出しながら、自分からもサクヤさんに想いを伝える。

それが自分なりのきっかけ。

ベタだけど、バイトをしてアクセサリーを買おう。

これもまたアヤトに相談する。

すると、いい感じのバイトがあるから紹介してくれるらしい。

「お、いたいた。レイジ、連れてきたぞ？」

「え……誰を？」

振り向けば。

アヤトはどう見ても陽《よう》キャな、いかにも運動大好き風のギャルを連れている。

「え……っ!?　紹介してくれるのって、レイジくんだったん!?」

そして一番びっくりしているのがそのギャル。

岡田《おかだ》ミスズだった。

◆

「あ〜、はいはい、レイジくんも『イートミーツ』やりたいんだ〜」

ミスズはできるだけ平静を装って、いつもの軽い口調で笑みを浮かべる。

ちなみに『レイジくん』なんて親しげに呼んでいるけど、発音したのは今日が初めて。

だってギャルって初対面でもこんな感じの存在でしょ!?

探るようなクラスメイトたちの視線がさっきから突き刺さりまくってるけど、ここはギャルスキル『え？　なんかウチおかしかった!?』で乗り切れば平気なはずだよね!?

それから、どんなキャラに対してもちょっと馴《な》れ馴《な》れしいくらいフラットに。

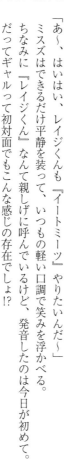

これで合ってるよね？　だって私のギャル研究に抜かりはないはず……！

とミスズの脳内は目まぐるしい。

「あ……え？　『イートミーツ』……？」

だっていうのにレイジくん、なんか反応おかしくない!?

「……ん？」

オーケー！　笑みを絶やさず可愛《かわい》らしく小首をかしげて乗りきろう！

「レイジも見たことない？　最近街中《まちなか》をでっかくて四角いリュック背負って自転車で走ってるやつ」

そうすればほら、アヤトくんが説明してくれた！

「ああ……えっと、出前っていうか、注文された料理を運ぶっていう……」

「そうそう、ミスズはたぶん、この辺で一番それがうまいんだよね」

「あはは、そうでもないけどね……！」

ってちょっと待って、なんでアヤトくんそこまで知ってるの!?

確かにかなり自信あるけど、人になんか言ってないし……。

ちょっと怖いけど、ま、まあ今は置いといて……！

「でも、レイジくんならフツーのバイトやるよりたぶん稼《かせ》げると思うよ？　なんか、伯葉《はくば》市ってなんとかかんとか特区っていって、高校生でも『イートミーツ』できるんだし、もったいないよ！」

「ん～～……」

「この辺って、高校生の時給、よくて九五〇円くらいでしょ？」

「あ……うん。確かに……」

「でも『イートミーツ』なら千二百円くらいになるよ？　私の時給はそんくらい」

「え……っ」

「しかも上司とかメンドクサイ人間関係がなくて、勤務時間も自分で決められて」

「えっ、えっ」

「お客さんによっては、たまにボーナスもつけてくれるんだよね～」

「……く、詳《くわ》しく、聞かせてもらっても……いい……？」

話はとんとん拍子《びょうし》に進んで、週末からの三連休。

その最終日に準備は整った。

スマホで手続きを完了させたレイジは、ママチャリにまたがり巨大な四角いリュックを背負っている。

「（は～、たまらん）」

胸の中でこう呟いたのはバイトの先輩ポジションのギャル、岡田ミスズだ。

彼女にとって、平宮レイジは手を伸ばしても絶対に届かないだろう領域の人間だった。

学校では離れたクラスに所属するレイジだが、まあ噂《うわさ》はいつも聞いていた。

この学年には陰キャに紛れてとんでもないイケメンがいる。

運動神経もなんだか出鱈目《でたらめ》で、頭も切れて紳士的。

しかも一説には、あの街の輩《やから》を裏で取り仕切って規律を守らせているという金縁《きんぶち》ダークな噂が絶えない南条アヤトくんの親友。

そしてアヤトくんは、親友のレイジの学校生活を守るため、うっとうしい部活の勧誘や男にもスケベ心を出す教師から彼を保護しているという話だった。

片や自分、岡田ミスズはなんとか高校デビューした、いわばがんばっているギャル。

学校内カースト制度からすれば、枠からはみ出た存在のギャルとはいえども、そのギャルカーストの中ではまだまだ底辺に近い。

本当だったら、ちょっと近づくことさえできないはずの存在だった。

「じゃあ、よろしくお願いします」

と噂通りタメにも礼儀正しいレイジくん。

「うん！　まあ最初は私について来て。どんなのかはすぐわかるから」

ロードバイクに、デリバリー配達員を意識したユニフォームっぽいウェア姿のミスズ。

わりと今日の恰好《かっこう》は完璧《かんぺき》なはず！　と自分に言い聞かせ、レイジに『イートミーツ』の手ほどきをする。

eat
Meets
eat
Mee

やがて、

「はぁ……。噂通り、呑み込み早《は》えぇ～」

自分の配達をいったん休み、レイジくんのあとにくっつきながらミスズはため息をこぼす。

ミスズも薄々は思っていた。

『イートミーツ』はゲームに似ている。

しかも、RPGなどにある『おつかいクエスト』そのものなのだ。

どこでクエストを受注し、どうやれば効率的にお届け先に行けるか。

そしてそこからさらに、どんなクエスト受注先を選択するか。

『イートミーツ』側からの「あと一件で報酬《ほうしゅう》アップ！」や「ここところで一挙に2件、受注してみよう！」などのサジェストもあるともなれば、これはもはやゲームである。

そして、たぶんそうなるんじゃないかと思ってはいたが、あっという間にレイジはコツを呑み込んだ。

「すごいねレイジくん！」

「あ……い、いえ、ミスズさんが最初に色々教えてくれたからで……」

「うぅん、もうルート選択とか私よりうまい感じなんだけど！」

実際、レイジを観察する中で細かなコツに気づかされているくらいだった。

こうして並走してお届けものをしてみるというのも初めてで、いつもとは違った視点が持てたのも経験として大きい。

今後はさらに自分も効率的に配達ができるかもしれない。

配達先を吟味《ぎんみ》するのにうってつけな、駅近公園の人気《ひとけ》のないエリアに自転車を止めながらふたりは駄弁《だべ》る。

「そういえばレイジくんて、バイトしてなにか買いたいものあるの？」

「……えっと……、俺、ジムに通いたいんです」

ん……？　なんか隠してる……？　でも嘘《うそ》は言ってない気もする……。

「ジムって、スポーツジム？　それとも格闘技とかの？」

「格闘技……系ですね。俺、強くなりたいんで……」

「え、ちょっとなにそれ、カッコいい……！」

ミスズは思う。そういえば、我がダメ兄も格闘ジムがどうとかって言っていつまでも通う気配がないけど、なにこの違いは……！

「あの……ミスズさん。ちょっと聞いていいですか？」

「いいよ。なに？」

「女性が彼氏に望むものってなんですか？」

「……え、なんだろ」

鼓動が弾《はず》む。なんだこの楽しい会話。

「やっぱり……体力、かな」

「体力……？」

「最後にはやっぱり体力なんじゃないかなって思って。ほら……」

ミスズはペットボトルの麦茶から口を離して説明する。

「男の人に望むものって、よく優しさだって言うでしょ」

「あ～……、聞きますね。優しさも……」

「そういう他人への優しさっていうのも、体力があって自分に余裕があるうちかなって」

「なるほど……。……参考になりました」

「あ、だからレイジくんのジムに行くっていいと思うよ！」

言った瞬間、ミスズは赤くなった。

自分はなにを言ってるんだ!?　めっちゃレイジくんを意識してる感じになってしまった！

だが、慌ててレイジを観察しても気づいている気配が全くない。

それはそれでちょっとムカつくが……。

「確かに、体力もつきそうですよね、ジムも」

「うん、そのためにも『イートミーツ』がんばろう！」

「あ、じゃあ……」

レイジはスマホのアプリを確認し、

「えっと、ちょっと次はミスズさんの配達をもう一回見せてもらっていいですか？」

「あ……うん。えっと、その代わり、なにか気づいたことあったら教えてね？」

「はい、よろしくお願いします」

ミスズは、「あ〜、ヤバいな〜」と思いながら、ロードバイクのペダルを踏む。

これは自分、やっぱりちょっとレイジくんとどうにかなりたいって思ってるのかな〜。

このあとスマホのメッセージのアドレスもうまいこと交換して……。

思いっきり甘酸《あまず》っぱいモードにギアが上がっていってしまうミスズだった……。

◆

姉のサクヤと、親友のレイジ。

ふたりがついに付き合い始めたことがわかった後の南条アヤトのテンションは、かなり高い。

「っしゃぁああ！」

静かに自分の部屋でキメようと思ったガッツポーズに、思わず声が乗ってしまうほどに。

アヤトはいつまで経っても距離の縮《ちぢ》まらないふたりの背中を押しまくったつもりだ。

これからきっと姉と親友はもっと仲良くなっていくだろう。

姉は少しだけ今までのモードから切り替えることに手こずっているみたいだが……。

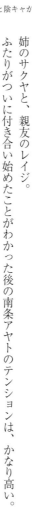

まあ、なんとかなるに違いない。

学校の廊下を並んで歩きながらも、ふとふたりになるとレイジに話題を振ってしまう。

「いやでもまさか、姉貴とレイジが付き合うことになるなんてな……！」

「ありがとう……アヤト。そう言ってくれると……なんていうか、ほっとする」

「いいっていいって！　これで姉貴も少しは大人しくなるしな！　……たぶん！」

先週の週末もレイジはウチに遊びに来ていたし、姉はこれから毎週末、土日のどちらかは必ずレイジをどこかに引っ張りまわす計画も立てているようだ。

自分もそのアイデア出しには少し協力している。

そしてレイジも、姉と付き合い始めて自分自身に変化を起こそうとしていた。

「まあでも、レイジが姉貴より大人だからなんとかなったんだと思うよ実際」

「いや、なに言ってんの……？」

「ははは、姉貴に自分からもう一回告《コク》る計画とか、ふつーできないよ？」

レイジが出した結論は、自分からの再告白。

そのきっかけのためにさっそく『イートミーツ』のアルバイトを始めている。

自分もその後押しのために、街で『イートミーツ・ガール』と噂になっている同じ学年のギャルも紹介してみた。

「そうかな……。んん……、俺、なんかとんでもないことしようとしてる？」

「大丈夫！　俺も協力すっからさ！」

今週の日曜日には姉はなにやらレイジをeスポーツの試合に引っ張り出すようだし、ふたりがさらに親密になっていくのは時間の問題だろう。

「うん、いつもありがとう、アヤト」

「んじゃ、俺は別の用があるからまたな。バイトがんばれよ～！　また夜な！」

レイジと別れ、アヤトは駅前へと歩きだす。

「ふっふっふ……」

そんな金曜日の放課後。

アヤトは二十四時間営業のハンバーガーショップの三階。

駅前の風景を眺めることができる窓際の席に腰かける。

「さてと……俺はこっちの調子を戻していかないとな……！」

姉と親友の関係性に危機感を抱いてそちらに集中していたぶん。

い、い、い、組織のメンテナンスにも、早いところ着手しておかないとな……と、見下ろす視界。

この街の裏側で幅《はば》を利《き》かす集団『太異喰雲《タイクーン》』のヘッドとして、どこから手をつけようかと思ってコンビニの前にたむろするそれっぽい連中に意識を向けた時だった。

「あん時は、すいませんでしたぁ……！」

「……は？」

振り向いたアヤトが見たものは、腰を斜《なな》め四十五度に折って固まっていた金髪のヤンキー。ジム帰りの姉、南条サクヤを乱暴にナンパしようとしたチンピラであった。

「俺の前には二度と顔を……」

「はい……！　で、ですけど、きちんと謝っておかないとケジメがつかないんス!!」

「……名前は？」

「岡田ユキオッス！」

「ユキオか……」

初耳ということは、特にこれといった影響力など持つ男ではないようだ……。

「自分、今までのことめっちゃ後悔してて……。でもこないだアヤトさんに声かけてもらって、心を入れ替えてきたんス！」

「そっか～……」

確かに、変化が見て取れた。

言われてみれば、この前までのチャラけきった彼の中にはなかったものが今はある気がする。

「俺が誰だか、お前は知ってたみたいだったけど……」

「はいっ！　あ、でも、そうじゃなくても、アヤトさんのやりようを見て、俺もこうじゃなきゃって思って……」

「……で、要件は？」

「この間のおふたりにも、もちろんアヤトさんにもきちんと謝らせてもらいたくて……！」

「なるほど……？」

こういうバカは嫌いじゃないんだよなぁ～……。

というのが、アヤトの正直な感想だった。

「それでもうひとつ、アヤトさんにどうしても耳に入れておきたかったことがあって……」

「は？　俺の耳に？」

「あの『太異喰雲《タイクーン》』の三本指のひとり、小暮《こぐれ》サトルがアヤトさんを罠《わな》に嵌《は》めようとしてるっていうのを聞いて……」

次の一言には、彼の今日一《イチ》の緊張が込められていた。

「アヤトさんの姉《あね》さんが狙《ねら》われています……！」

◆

「ねえねえレイジくん。アヤトくんとはいつから？」

「えっと、保育園……よりももっと前からっぽいです。……物心つく前から遊んでたみたいで」

駅近の公園で自転車を並べて。

『イートミーツ』のアプリ上に現れては消えるオーダーを吟味しながら、レイジは続ける。

「アヤトって、今はすごく人づきあいが広くて、面倒見《めんどうみ》がいいじゃないですか……」

「あれはね、すごいよね」

そのおかげで、私もレイジくんとこうして一緒にバイトできてるんだけど……と。

ミスズもアヤトに心の中で改めてお礼の気持ちを重ねる。

「でも、アヤトって俺の一番古い方の記憶だと、逆なんですよね……」

「そうなの？」

「なんていうか……、不愛想《ぶあいそう》で、周りと口をきかないタイプっていうか……」

「え、信じられないんだけど」

「でも小学校の三年か四年のころから……今みたいに人と付き合うようになってきて……」

「そうだったんだね～……」

私が高校デビューでやったことを小学生で？　はっや！　とミスズは感心する。

ミスズも、いわばギャルデビューは危機意識からだった。

このままでは孤立する。

中学から高校へ上がってみると、幸か不幸か知り合いがひとりもいなかった。

このままだと高校で速攻ボッチ。それが継続したら人生が終わるかもしれない。

直感的にヤバさを感じたミスズは、強引にクラスのコミュニケーションに食い込むために、
ギャルになったのだ。

そしてこの新米ギャルはまだ気づいていない。

実は彼女の、同学年女子内のカーストレベルがぐんぐん急上昇していることを。

アヤトの紹介とはいえ、単独でレイジとこうしてバイトの先輩として振る舞っていることで、その立ち位置が再評価されていた。

ギャルとしての立場も、つるんでいる数人のギャルグループの序列はそのままに、彼女単独で周囲の見る目が変わりつつあった。

そんなこととはつゆ知らず、

「あ、これとかどう？　今の時間帯ならこのハンバーガー屋さん、すぐに注文作ってくれると思うし」

アプリに入った新しいリストをレイジにお勧めするミスズ。

「あ、それはミスズさんに譲《ゆず》ります……。俺、前のラーメン屋さんのリベンジしたくて」

「そう？　じゃああありがたく、行ってきま～す」

ロードバイクの傾きを直し、彼女は軽やかにペダルを踏んだ。

◆

この伯葉《はくば》市で反社会的行動の上をギリギリラインで少しはみ出す若者たちの集団がある。

チームの名は『太異喰雲《タイクーン》』。

構成員は末端《まったん》まで含めると二百人にものぼる巨大な集団だ。

南条アヤトはこの『太異喰雲』のトップを務めている。

サクヤをナンパしたユキトが、アヤトを見ただけで逃げ出した理由がここにある。

その幹部が、

「俺の、姉貴を……」

アヤトとユキオは街を歩きながら会話を続けていた。

「なんでお前、そんなことを?」

「えっと、恥ずかしい話なんスけど……自分、ずっと『太異喰雲』に入りたくて……」

金色に染めた髪を掻きながら、チンピラ風の青年は続ける。

「一時期、知り合いに声をかけまくってたんスよ」

だが誰に頼んでもまったく話が進まず、ずっとやきもきしていたというのだ。

「いや、今ならその理由もわかって……。まあ、自分クズなんで……」

けれどアヤトという人物に出会い、ようやく自分の器《うつわ》の小ささを心底《しんそこ》痛感。

どうやれば今までの自分を変えられるかと悩んでいたところ。

「急に声がかかって……。力を貸せば『太異喰雲』に入れてもいいぞって言われて」

呼び出された先で、数人のメンバーと共にユキオはその話を聞いたというのだ。

「それでアヤトさんの影響力を弱めて、自分が実権を握るために……」

「俺の身内を使うって言ってたのか」

幹部三本指のひとり、小暮サトルは『太異喰雲』内のクーデターのために、自分のシンパと戦闘要員を集めているらしい。

姉に危害が及ぶ。

その気配を匂《にお》わしてアヤトが動揺して和解などを持ちかければ、その分アヤトのチーム内への影響力に変化が起こる。

その変化をうまくつかめば三本指のトップの座に収まり、その勢いでチーム内の実質的な支配力を増すきっかけとする。

そんなことが可能か……？

「アヤトさんの姉さん、マジで美人なんで心配っス……」

ユキオの言葉に、とある記憶がよみがえる。

アヤトが『太異喰雲』を作った目的。

それは大切な人たちを守るためだった。

「(レイジは覚えてっかな……)」

姉のサクヤには幼い頃から華《はな》があった。

だがそのせいで登校拒否になった経緯がある。

姉は面倒見のよい部分があり、幼い頃から集団のリーダーになることも多かったようだ。

そんな彼女が小学校低学年を過ぎて高学年になったころ、事件が起こる。

クラスで姉と並ぶ、もう一人のリーダー格の女子。

彼女はだんだんと同級生のサクヤに劣等感を抱くようになったらしい。

やがてサクヤが友達を虐《いじ》めているという言いがかりで、彼女を疎外《そがい》し始めた。

サクヤと、サクヤが虐めているという子の関係は、どちらかといえば良好な方だった。

ふたりは派手《はで》にじゃれ合っていただけだったのだが、いくつかのすれ違いと悪意を隠して騒《そう》動《どう》を焚《た》きつける少女のせいで問題は複雑化。

サクヤが不登校になってしまうという展開を見せる。

理不尽《りふじん》すぎる社会の圧力。

当時アヤトは、その大きなうねりの中でなにもできなかった。

だがその時、生まれて初めて不条理を味わうサクヤの心を救ったのがレイジだった。

「サクちゃんはかわいいから、女の子でもちょっかいかけてくるんだよ」

なんで？　なんでなの!?　と繰り返し世の不条理を問いかける姉に、レイジだけが答えを持っていた。

ふさぎ込んでいる姉のサクヤに、レイジは繰り返した。

「サクちゃんは本当にかわいいし、それにみんなのためにいろんなことをするでしょ？　いっぱいいろんなことをすれば、いろんな人にも色々思われるし、それでも何もやめなかったサクちゃんは偉い！　サクちゃんは何も間違ってない。だからサクちゃんはすごい！」

レイジはサクヤの両手を握って、立ち上がらせる。

「特別にサクちゃんに、お父さんから教わったわざを教えてあげるね？　サクちゃんが強くなれば、絶対に無敵だよ！」

それから姉が学校に通えるようになるまで、レイジは毎日庭で姉と色々なことを話し合ったようだった。

レイジは正拳突《せいけんづ》きと中段回し蹴《げ》りも彼女に教えて、家から持ってきたミットに叩《たた》き込ませていた。

一方、いじめ問題は自治体までもが動き出し、騒ぎが大きくなったことに耐えられなくなったクラスメイトの何人かが、新たな証言をしたことが転機。

逆にサクヤがいじめの被害者の立場だったことが証明される。

そして半年ほどで精神的にも肉体的にもパワーアップして教室に舞い戻ってきたサクヤがクラスに再君臨《くんりん》したことで、南条家の危機は去った。

レイジのおかげで自分の力をしっかりと自覚できた姉のサクヤ。

彼女はそれをきっかけに、さらなる集団の調和を覚え、今に至る。

だがその間、アヤトは自分の無力さを思い知った。

そして自分の無力さを補《おぎな》うことに夢中になった。

レイジとは別の力強さで姉を、大切な人を守りたい。

姉のサクヤが教室に戻れたのは、もちろんレイジのおかげだ。

だが、偶然というファクターがとても大きいとアヤトは感じている。

世間《せけん》の情勢。

つまり社会の関心が『いじめ』に向いていたという偶然が状況を動かしたのだ。

自治体やニュースがしきりに騒いだからこそ、子供ならではの良心に耐えられなくなったクラスメイトは真相を打ち明けた。

そうした状況になければ、真相が表に出ることはなかったはずだ。

しかも騒動の方向性が少しでもずれていたら、騒ぎは大きくなっただけで解決したかどうかも怪しい。

その場合、レイジのおかげで姉は元気になったとしても、環境が彼女の再起を許さなかっただろう。

幼心にもわかった。

それはとんでもない理不尽だ。姉を個人的に助けることはレイジに任せた。

彼ならきっとやってくれる。自分は別の方法で姉を、レイジを守りたい。

今回起こったこの偶然。

これをどうにか必然にすることで、ふたりを守ることができないか。

途方もないその思考。

答えが出ないはずの問いに、けれどアヤトはひとつの解答をはじき出す。

つまり、環境が偶然を作り出す。では環境とはなにか？

それは『社会』だ。

いつも自分の意のままになる『社会』を作り、その影響力でふたりを守っていく。

具体的に言えば、いじめを許さなかったのは『自治体』だった。

いわば『組織の力』を持つこと。

それからアヤトは小学生ながら色々なことを試した。

街の区長から、警察署、区役所、教育委員会と子供ならではの行動力で組織の仕組みを聞きまわる。

はては地元を選挙区とする色々な党の政治家にまでメールやお手紙、時には直接会いに行って社会に巡《めぐ》らされたルールを肌《はだ》で感じた。

もちろん、必要になった時にアヤトが思ったように動いてくれるような組織などなかった。

逆に自分がいいように利用されそうなことがあったくらいだ。

レイジの見せた行動力と人との付き合い方をお手本にして切り抜け、やがてそれらを利用し、その礼として利用されることを繰り返すことで強固な人脈とすることができたアヤト。

これらの経験は、やがて身を結ぶことになる。

彼は自分で自分の組織、『自治体』を作り出すことに成功したのだ。

それが今では『太異喰雲《タイクーン》』と呼ばれるチームだ。

彼は自分の作り出した『自治体』を悪だとは思っていない。

アヤトは、人の心を感じ取る感覚を重視した。

そのスキルが使い物になって、人と人との関係性を作り上げられるようになってきたころ。

今ある既存《きぞん》の組織――多くは学校や地域のコミュニティ――に馴染《なじ》めない同年代に興味を持った。

周囲に恐れられることが多い彼ら、彼女らは、アヤトから見たら逆に社会の被害者だった。

彼らの言葉にならない本音を、本人よりもアヤトは理解し、共感することができた。

虐められていた姉に共感することはできても、救うことができなかったトラウマ。

それがアヤトを駆り立て、社会から虐められていた彼らを、いつの間にか救っていた。

そしてそれはやがて大きなネットワークとなり、アヤトを中心とした社会となった。

表の社会からはじき出された者が作る、裏の『組織の力』。

誰にも手が付けられない者すら理解し、時には御《ぎょ》することさえできたアヤトは、その暴力的な影響力から、いつしか『赤い悪魔』と呼ばれるようになる。

そしてその『自治体』は自分たちのことを『太異喰雲』と名乗り、知る人ぞ知る集団に成長した。

現在、南条アヤトはその『太異喰雲』の『ヘッド』ではなく『会長』という地位にいる。

数カ月前までは『ヘッド』だったのだが、姉のサクヤと親友のレイジの間を取り持って、一線を越えさせるという自分の任務につくため、幹部に『ヘッド』の地位を一時的に委《ゆだ》ねたのだ。

幹部は三人いて、組織内では『三本指』と言われていた。

小暮サトル、天木《あまき》シュウイチ、楡《にれ》フウゴの三人が、現在の『太異喰雲』のヘッドである。

そして小暮サトルが、暗躍しようとしているらしい。

「まずは、他の三本指……。そうだな、楡フウゴに話を聞いてみるか」

◆

「……という具合にアヤトさんは僕のところに来ます。まあ、僕の計算は完璧ですから」

ボウリングや卓球、ビリヤードやバスケまで網羅《もうら》しているスポーツアミューズメントビル。

その一角に、休憩《きゆうけい》スペースにしてはしっかりとしたソファーが設置された区画がある。

ここが『太異喰雲《タイクーン》』の三本指、楡フウゴとその取り巻きの指定席だった。

「普段のアヤトさんなら釣られないでしょう。僕のやってることを見抜くでしょうね」

軽い咳払《せきばら》いで喉《のど》を整え、フウゴは白い抗菌マスクに覆われた細い顎《あご》を、長い指の先で撫《な》でる。

銀色の眼鏡に髪はツーブロック。長身で線の細い、だが隙のない雰囲気で彼は目を細める。

「けど、身内には弱いですから、あの人は。そこが弱点なんですよね……」

フウゴの取り巻きは「おお……っ、さすが……！」と興奮《こうふん》を隠せない。

「サトルさんはアヤトさんに一番なついています。それが本当に裏切るか、まず周りに聞きますよね……。あの人って根回しの達人《たつじん》ですし」

フウゴはスマホを机に取り出す。

「あの岡田ユキオというクズを見つけられたのもラッキーでした。アヤトさんは、こういう心を入れ替えた系の人情噺《ばなし》にも弱いんです」

取り巻きから「なるほど……」と納得と称賛の声が漏《も》れる。

彼らの中に、ユキオにニセ情報をつかませたメンバーがいた。

あのアヤトさんに絞《し》められたクズなら、恩返しのためにこの情報を届けるはず。

「ほらほら、来ましたね……」

フウゴのスマホが振動し始め、ディスプレイに南条アヤトの名前が浮かび上がった。

取り巻きは自分が属するリーダーのやりように息を呑む。

「僕の戦略は完璧です。それじゃあいただきましょうか。この『太異喰雲』を」

◆

実際にこの後、アヤトはユキオとフウゴ、その取り巻きたちと共に、姉とレイジの警護についた。

サクヤに連れまわされるレイジが、あらゆる大会を荒らしまわるという奇妙なデートの陰で、ふたりの安全はアヤトによって守られていた部分があったことは事実だ。

フウゴがもたらした情報によって探ったところ、やはり小暮サトルがなにかを探るように彼の取り巻きを動かしている気配があった。

『太異喰雲《タイクーン》』という組織の秩序を保つためにも、確たる裏切りの証拠が必要だった。

その瞬間にいつでも動くことができるように。

今週末もアヤトは姉の警護に奔走《ほんそう》した。

決定的なチャンスをうかがう首謀者《しゅぼうしゃ》、楡フウゴのすぐ隣で……。

◆

レイジがサクヤさんと通うようになった『ファイティングジム・ゴーダッシュ』。

このジム、週末の金曜日は比較的多くのトレーナーが集まる。

これは普通に平日の最終日にさっぱりと汗《あせ》を流したい一般会員が集まるからという単純な理

由だけではなかった。

金曜の夕方からは特にプロ向けの時間がもうけてあり、ジムがプロたちのコミュニケーションの場になっているという面もあるからだ。

そして近ごろ、トレーナーが集まるさらなる理由が増えていた。

最近彼女ができた平宮レイジが定期的に通う時間帯が、ここだったからである。

「おおおっ!?　レイジに寝技《ねわざ》教えたの誰っすか？　えっらいスムーズですけど……」

「……プロへの勧誘はやめておけよ？　本人がその気になるまで見守る方針って会長が言ってたからな」

腕を組んでトレーニング中のレイジを見守るトレーナーたち。

レイジにプロへの道を示したはいいが、彼にきっぱりと「いえ、そういうのは興味ないんで」と言われてしまうわけにはいかない。

彼は今、体を動かすことが好きな段階だ。それ以降のことを考えてはいないだろう。

そんな時にこちらの都合で話を進めても興味ないと反応されるのがオチ。

それればかりか、言った瞬間に本人であるレイジの中でそう方向性が固まってしまうだろう。

今はレイジにこのジムで体を動かして楽しんでもらうことを優先するというのがトレーナーたちの総意だった。

なのだが、誰よりも技の反復練習に熱心で、質問の内容にも切れがあり覚えも早いとなると、どうしてもみな、レイジを可愛がりたくなるらしい。

「はぁ……はぁ……はぁ……、あ、ありがとうございました……！」

タイマーのカウントが０になり、レイジの寝技スパーリングが終わる。

「汗ちゃんと拭《ふ》いて、水分も忘れないようにな！」

「はい……！」

レイジが荒い息で自分の荷物をあさっていると、一人のトレーナーが近づいてきた。

「ん～……、お疲れレイちゃん。ねえねえレイちゃん、なんか今、悩みとかなぁい？」

「え……っ？　悩み……ですか？」

レイジに声をかけてきたのはＳＡＴＯＲＵというリングネームを持つトレーナーだった。

「なんだか今日のレイちゃん、動きにちょっと迷いがあった気がしてね？」

総合格闘家として様々な輝かしい戦歴を持つ彼は、なぜか真剣な時にオネエ口調になることを除けば、プロだけでなく一般会員の誰にも親身になってくれると評判のトレーナーだ。

「……実は、えっと……悩みが……」

「やっぱり！　もしかしてそれ、彼女さんのこと……？」

ジムの内部では、レイジとサクヤが付き合っていることは既《すで》に多くの関係者が知っていたが、

「え!?　レイジ彼女いたん？　どっち!?　グラマラスなおねーさんの方？　それともなんかスポーティなギャルの方!?」

「え、あ……えっと……」

「ちょっとリョウちゃん静かにしてて！　あんたそんなんだからモテないのよ⁉」

SATORUのツッコミにジムの中に笑いがあふれる。

リョウちゃんと呼ばれたトレーナーは、さっきまでレイジとスパーリングしていた大島《おおしま》リョウという柔術家で、お笑い芸人を目指していたという過去を持つ格闘家だった。

彼が言った『グラマラスなおねーさん』はもちろんサクヤのことで、ジム内の知名度も高い。

一方、『スポーティなギャル』はイートミーツ・ガールことミスズのことだった。

彼女は偶然、レイジがトレーニング中のジムにインドカレーを届けに来たことがあり、レイジからジム通いの話を聞いていたこともあって現在、ジムに通うか検討中らしい。

ちなみに、レイジとサクヤが付き合っているという情報は、トレーナーたちからは嫉妬《しっと》より、ほっとしたという声も大きい。

なんでもサクヤみたいな美人は、フリーじゃない方がトレーニングに集中できるかららしい。

「レイちゃんが悩みを聞いてほしいなら、アタシはいつでも相談に乗るから遠慮しないでね」

「…………、……」

SATORUの親身な言葉にレイジは揺れる。

「実は……」

けれどそのためらいも一瞬。

お互いに打撃や技を交わし合う中で、レイジはこのジムのトレーナーたちを信用していた。それに自分よりも大人で、社会経験も豊富なはずである。

やがてレイジの相談を聞き終わると、

「あああ～！　体がむずがゆいっ！」

体をくねらせるリョウが、他のトレーナーから回し蹴りを食らい吹き飛んでいく。

「そうなのね……、レイちゃんからもサクヤちゃんに告白を……。うん、アタシができることなら協力しちゃうわっ」

「それで、その時になにかアクセサリーとかをプレゼントしようと思ってるんですけど、どんなものがいいかわからなくて……」

あああ～！　とまた何人かのトレーナーが身もだえし、それぞれ打撃を食らって床に転がる。

「指輪とかって、やっぱり重いですよね……」

とたんに「ん～～!!」とか「ぁあああ～……！」とか、再び我がことのように唸《うな》るトレーナーたち。

「うぅん！　ここは決めていっちゃいましょうレイちゃん！」

だが、ＳＡＴＯＲＵはがしっとレイジの肩をつかんで断言する。

「レイちゃんの気持ちを一番乗せられるのは、いまアンタの心からの言葉に出た指輪しかないわよ」

「あ、それならこのビルのオーナーの奥さんが駅前のブライダルリングのお店やってますけど?」

「あのマダムが? ちょっと呼んで呼んで! あの人ここの会員だからっ!」

「あとなレイジ、指輪で告白……なら、ドラマチックにした方が絶対いいって! そうじゃないとずっと言われ続けるから! 絶対に彼女が忘れられないくらいにやったほうがいい!」

「実感こもってますねぇ……。さすが妻子持ちは違うわぁ……」

「あ、じゃあこないだ知り合ったイベント会社の人が、なんか面白いこと始めたって聞いて……。今、動画見せる」

「……まあ! これいいんじゃない!? レイちゃんどう?」

「あれ……、このイベント会社って、確かこの前のゲームのイベントで……」

「知り合いなの? レイジくん……!」

「それは話が早いかもしれない。ちょっと電話してくるよ」

……こうして、騒ぐ筋肉たちによって、付き合っている彼女への告白大作戦が練られていき、レイジは「やっぱり大人は頼りになるなぁ……」と感心したのであった……。

◆

「会いたい……。レイジに会いたい……」

キッチンの棚の奥からコーヒーメーカーを取り出そうとしていたサクヤはその瞬間、

「……ん？」

と、たった今聞こえたように思える自分の声。その内容を理解し、

「は……!?」

戸棚からとっさに身を引いて周囲を見回した。

自宅のキッチンは、無人。

「……はぁ……、うわ、よかった……」

家族の誰かに聞かれたら、今年いっぱいは、ずっとからかわれ続けるに違いない。

あのサクヤが、思わず本音を漏らすくらい彼氏にぞっこんだ！　と……！

「まったく、土日にしか来ないレイジが悪いんだからね……？」

思わず口に出てしまった理由は戸棚の中にあったお菓子が原因だろう。

数日前にコンビニでレイジの好きそうなポテチの新作を見つけて買っておいたのだ。

それが目に入った瞬間、思わず声に出してしまったのだと思う。

「ふふふ……っ、レイジ喜ぶだろうなぁ……」

無人のキッチンだと油断したのか。またしても声に出してしまった胸の内。

「はぁ……」

サワーオニオンに今はまってるのよねぇ……とポテチに手を伸ばすと、

ピンポーン♪　ピンポーン♪

来客を知らせるチャイムが響く。

「はーい……？」

インターホンを見れば、そこに映っているのは、

「レイジ……!?」

『あ、サクヤさん？』

時刻は夕方の六時。

「(まじで!?　平日なのに!?)」

『いたんですね。よかった』

サクヤは「ちょっと待ってて！」とインターホン越しにレイジに告げる。

急いで玄関にたどり着くまでに身だしなみを整え、ドアの鍵を開けるのももどかしい。

「どうしたの？　レイジ……」

そう言ってドアの内側にレイジを招き入れる。

「あの、ちょっとだけ伝えたいことがありまして」

「う、うん……」

横隔膜《おうかくまく》のあたりから熱い手のひらで心臓を持ち上げられたかのように鼓動が跳《は》ねて戻らない。

「今週じゃなくて、来週の土日……なんですけど、どっちか空《あ》いてますか？」

「そうね……。まあ、大丈夫だと思うけど……？」

「よかった。ここ最近ってずっとサクヤさんに予定を決めてもらってたじゃないですか」

レイジはちょっと照れたようにおでこを指先で掻き、

「なんで、今度は俺から誘わせてもらってもいいですか？」

「も……もちろん、いいけど」

こらえろ……！　年上のお姉さんとして、ここで嬉しくてぴょんぴょん跳ねるのはまずい！

「レイジ、……どこに行くかとか、聞いてもいい？」

「えっとですね、一応、源町《みなもとちょう》にある『海風の香る浜公園』っていうところに行きたくて」

「……っ!!」

源町の『海風の香る浜公園』といえば、この辺《あた》りでは王道のデートスポットだ。

しかも告白の名所でもある。

「(待って!?　でももう付き合ってるのに!?)」

思った次の刹那《せつな》で、いや違う！　とサクヤは思い至る。

「(つまりレイジは私のことが好きすぎて、彼女ができたら行きたかったところに私を連れていくつもりなんだ……！）」

それってつまり、レイジに自信がつき始めたっていうこと……？

「あの、サクヤさん？　もしかして、なにか用事とかあったのを思い出したり……？」

「ち、違うの、えっと、そうね……。いいわよ。来週の週末はそこに行きましょ？」

「よかった……」

ほっと安心したようなレイジの表情が嬉しかった。

「あ……それで、ええと、最終的にはその公園に行きたいんですけど、源町って、近くにいろいろありますよね。中華街とか。そこを……こう、ぶらぶらしたくって……」

「うん……」

「つまり、なにが言いたいかというと、その日は全部俺に任せてもらっていいですか？」

「そ、そうね……」

「だめ……ですかね……」

「……じゃあ、たまにはいいかも。その日はレイジにお任せしていい？」

「ありがとうございます！　えっと……俺、楽しみにしてます。すごく」

そう言い残して、レイジは南条家を後にした。

残されたサクヤはレイジがドアを閉めた三秒後、

「……んはぁぁぁあああ〜っ……っ！」

その場にしゃがみ込んで、しばらく立ち上がれなかった。

◆

幸せの真っただ中にいる女子大生、南条サクヤ。

そして彼女が射止《いと》めた最愛の高校生男子、平宮レイジ。

このふたりにとっての『愛のキューピッド』である、クズ金髪チンピラこと岡田ユキオは最近、嫌な寝汗をかかなくなった。

「んあ……」

目をこする。腹を掻く。

自分の部屋で目が覚めても、もう一度目を閉じてしまいたい衝動に襲《おそ》われない。

よく眠れているせいか、頭も妙に冴《さ》えている。

「ん……」

すっと起き上がり、寝間着《ねまき》から部屋着に着替える。

「はぁ……」

土日が楽しい。

今まではそんなことがなかった。

楽しそうなやつらが街にあふれる休日はどちらかと言えば気に入らなかった。

ユキオはマジで今、毎日を活《い》き活《い》きと暮らしていた。

彼は気づいていないが、こんなことは小学校低学年以来のことだった。

出来のいい妹のミスズに対するコンプレックスや、親からのクズを見るような視線も最近、気にならない。

ユキオには夢が生まれていた。

『太異喰雲《タイクーン》』のヘッド、アヤトのような深い男に、いつかなるのだ。

「よしっ！　今日もお願いします！」

彼はスマホに表示したアヤトの写真に手を合わせる。

若干《じゃっかん》気持ち悪いが、ユキオのスマホの待ち受けはアヤトの隠し撮りである。

スマホに映る憧《あこが》れの男に手を合わせ、ユキオは部屋を出る。

いつ、アヤトのような存在になれるかはわからない。

なにしろ目標は生ける伝説のような男だ。

でも自分はその男に出会うことができた。

これはきっと、なにかのきっかけだ。

最初は人生最大のピンチとして。

けれどそのアヤトからの一撃に救われたのだ。

実際には殴られたりなんかしていないが、コンプレックスで固まりきったユキオの歪《いびつ》な鎧《よろい》は砕《くだ》け散り、素《す》っ裸《ぱだか》の自分だけがそこに残った。

今度こそ無敵なんじゃないかと思った。

アヤトさんの姉さんをナンパする直前の万能《ばんのう》感とは全く違う、最弱ゆえの最強感。

なにも失うものがなくなったからなのか。

アヤトに脅《おど》されたあの時の恐怖で、心が麻痺《まひ》してしまったのか。

あの日の翌日、初めに頭に浮かんだのはアヤトへの謝罪だった。

「あん時のバカな俺に、マジ感謝だな……」

一階のキッチン。冷蔵庫をあさり適当に朝飯《あさめし》をテーブルに並べて食べ始める。

きちんと、あの時のケジメをつけて、さらに一歩前に進むことができた。

アヤトには二度と面《つら》を見せるなと言われたが、謝らずにはいられなかった。

自分がどうなるかは二の次。

なにかあったら、それこそきちんと受け止めたかった。

ユキオは朝飯をがっつきながら、スマホで自分が長続きしそうなバイトを探す。

探し始めてから、既に三つの面接を受けていた。

二つ落ちて一つ受かったが、面接の際に見た店内の雰囲気を思い出し、こちらから都合がつかなくなったと断りを入れていた。

漫画喫茶だったのだが、日の光が入らない薄暗い店内がどうにも気になったのだ。

こう、もうちょっとアヤトさんっぽい（？）バイトはないものか。

バイトの面接と並行して、アヤトを捜すために駅周辺をうろついていた。

その間にサクヤを一回。レイジを三回ほど見かけたが、素早く身を隠した。

アヤトにきちんと話をして、許可をもらってからふたりには謝るつもりだった。

その前に姿を見せても驚かせてしまうだけだろう……。

「俺って結構、色々考えてたんだな～……」

食器を流しに放り込み、ユキオは眠気の残りをあくびで放出した。

「ちょっとお兄ちゃん？　朝ごはん食べたならきちんと後片付けしてっていつも……」

「なんだ……？」

リビングにやって来た妹、ミスズが固まっていた。

「片付いてる……」

「んだよ、わりいか？」

「いや、いいんだけど……、なんかあったの？」

「なんもねぇ」

高校でギャルデビューして親をびっくりさせた妹だったが、中身は変わらず真面目《まじめ》ちゃんだ。

「なあミスズ、イートミーツってだるくねぇの？」

「だるくないよ？　え？　お兄ちゃんもやるの？」

「……やんねぇ」

適当に歯を磨《みが》き、着替えて街に出る。

今では『太異喰雲』にあれほど憧れていた自分がよくわからない。

けれど不思議なもので、どうでもいいかなと思っていたら、ツテから連絡がきた。

迷ったが、アヤトの居場所のヒントになるかと思って話に乗ってみた。

そこで聞いたのが、アヤトをヘッドから引きずり落とそうとする作戦だった。

アヤトの姉の身の危険をちらつかせることで動揺を誘い、足場を崩《くず》す。

それを聞いている最中、平静を保つことにかなりの努力がいったことを覚えている。

もしもアヤトと出会っていなかったら、きっと話に乗っていただろう。

これで『太異喰雲』の一員になれるならと。

だが、そうはならなかった。

『太異喰雲』ではなくアヤト個人を崇拝《すうはい》するようになっていた自分は、話を聞いている間、ずっとぎくしゃくしていたはずだ。

怪しいと疑われなかったことが奇跡だと思っている。

早くアヤトを見つけてこのことを知らせないと、と街を捜し、ついにハンバーガーショップで彼を見つける。

結果、自分はなんとかアヤトに受け入れられ、今や自分は彼の隣にいた。

まだぎこちない関係だが、それでも心地よかった。

まるで子供に戻ったみたいに、姉さんとレイジの護衛《ごえい》を楽しんでしまっていた。

護衛は自分だけではなかった。

ゲームの大会や、大食い大会で活躍するレイジと、それを見てはしゃぐ姉さんを見ながら、『太異喰雲』の幹部、楡フウゴと彼の選抜したメンバー数人も一緒だ。

だがユキオはいつからか違和感を覚えていた。

今日も姉さんとレイジの駅前デートを見張りながら、アヤトとフウゴの間に挟《はさ》まれ、その違和感に眉根《まゆね》を寄せていた。

フウゴは護衛対象ではなく、アヤトさんをずっと見てる気がするのだ……。

幹部であるフウゴはアヤトさんに心酔していて、久々に会っているからか？

その気持ちは、わからなくもないが……。

ユキオはその違和感を言い出せないまま、日々が過ぎていく……。

◆

アヤトにとって、新旧含めて人間関係の構築、維持《いじ》というのはそう難しいものではない。

「うーっす、おはよーっす！」

登校中、そして学校の敷地内で出会う生徒に次々と声をかけ、彼は教室に進む。

難しいどころか、アヤトは人と人とのしがらみが好きだった。

なにかあるなら放っておけなかったし、面白いことがあれば一緒に笑い合いたい。

たまに複雑な関係を目の前にしたり、相談されたりするが、面倒だと思ったことはなかった。

「おはよーレイジ」

「うん、おはようアヤト。あれ？　今日はお弁当あり？」

「途中のパン屋で買ってきた。昼メシまでもつかわかんないけどな」

だから、アヤトは既に姉を狙っているという小暮サトルとも話し合いを済ませている。

話し合いと言っても直接問いただしたりはせず、今は牽制《けんせい》しているだけという状態だ。

単刀直入《たんとうちょくにゅう》に切り出したとしても、「は？　どういうことっすか？」的にぼけられるのがオチ。

逆に自分を信用してないのかと反逆の言質《げんち》を取られてしまいかねない。

だから、わざと見せつけるように姉とレイジの護衛を続けていた。

手を出せない言い訳を作ってやっているのだ。

そのうちしびれを切らせ、改めて話し合いがもたれるだろう。

そこで、いろいろ不満や今後のことを聞き出していければいい。

アヤトにとって人間関係とはこまめに、面倒くさがらず、根気強く育てていくものだった。

「あ、それから……」

ふとレイジがアヤトに顔を向けた。

「どうした？」

「今度の……、今週末のサクヤさんとのデー……、お出かけなんだけど」

レイジは、なぜかアヤトから週末の予定を、特に出かけ先の情報はなるべく共有してほしいと言われている。

「源町の『海風の香る浜公園』にしようと思ってる」

「『海風の香る浜公園』!?」

「アヤト……？」

そんなに驚くこと……？　という目をしたレイジに、

「マジで？　もう決まったの？　それ、レイジが考えたみたいだけど、変更できないやつ……？」

レイジに畳《たた》みかけてしまうが、聞けば極《きわ》めて特殊な事情により変更は不可。

絶対にそこじゃなければならないと、レイジに念を押されてしまうアヤト。

「そっか、マストでそこじゃなきゃなのか～……」

アヤトの影響力は、もちろん伯葉《はくば》市に限定されている。

だが源町の『海風の香る浜公園』は地域と地域の境目で、いわば近隣勢力との中立地帯。

より隠密性《おんみつせい》を高めながら護衛をしなくてはならないので、難易度が跳ね上がる。

今までは遠回しに姉に色々提案するていで、アヤトがデートの場所に工夫を凝《こ》らしていた。

しかしもちろん、レイジが自主的に目的地を決める場合もあるだろう。

事情を知らないから、しかたがないのだが……。

「アヤト、なんだか緊張してる？」

「え、な、なんでだよ。俺がデートするわけでもねーのに」

「だ……だよね」

「ほら、なんていうかさ。俺の姉貴とレイジが付き合うことに改めてしみじみしてな……」

「……え、ええと、俺、やっぱりもしかしてアヤトからお姉さんをとっちゃった……？」

「いや、いいんだよ!?　ぜひぜひもらってって!?」

「え、でも……」

「ウチの姉貴に彼氏とかもう今後絶対ないチャンスなんだから本当にありがたい……！」

「そ、そうなのかな……」

レイジは、納得していいものか悪いものか判断がつかないのか、ぼんやりと、

「サクヤさんに関して、絶対今後ないとかないと思うけど……。アヤト、サクヤさんのこと、すごく大切にしてるんだね」

「まあな。家族だし、一応」

「ありがとう、アヤト」

「いやだからこっちがお礼を言いたい方なんだって！」

そう、家族のためなら、なんの苦もないのだ。

◆

レイジがエスコートしてくれるという、約束の週末がやってきた。

「…………ッ！」

海が好きになりそうだった。

朝からアドレナリン出てると思う。

水族館の時といい、潮風《しおかぜ》にはいい思い出しかない気がする。

レイジに連れてきてもらえた源町の中華街。

食べ歩くための中華まんを蒸《ふ》かす店先の香りに交じり、海の匂いが時たま鼻をくすぐる。

「えっと、確かこっちに……」

スマホのナビ機能を確認するレイジが可愛くてしかたがない。

サクヤは中華街に友達と何回か来たことがあった。

けれど今が断然、一番楽しかった。

「あった！　ウーロンタピオカミルクティのお店です！」

今⁉　今タピオカミルクティ⁉　だがその選択すら愛《いと》おしい。

よくよく考えれば中華街のウーロン茶なら、さらに美味《おい》しいのだろうか。

いや、レイジが選んでくれたのだから、なによりも美味しいはず……！

ブームが過ぎたせいなのか、さして並ばず購入できた。

「どうですか？　サクヤさん」

「うん……、美味しいんじゃない……？」

やばいめっちゃ美味しい〜……っ！

「よかった。俺の黒糖味も美味しいですよ？」

って私に気軽に渡してくる⁉

でもここですっと飲まなかったら、意識してるってバレバレになっちゃう……！

「……うん、こっちも美味しいね」

乗り切ったぁ……！　全部飲んじゃいそうになった！　我慢した私えらい！

あああ……っ、レイジの心遣いが胃から胸に溶けて温かく広がっていく……っ。

「サクヤさん、向こうに中華風のお寺……？　みたいなのがあるみたいですね。見てみます？」

「なにそれ、いいかも」

サクヤはレイジと中華街を……、否《いな》、レイジを堪能《たんのう》する。

時間と我を忘れて今を楽しみ、気がつけば大きなお土産屋《みやげ》さんで一緒に小物を選んでいる。

髪飾りをチェックする小さな鏡に映る自分。

サクヤはハッと我に返り、

「ちょっとメイク直してくるね」

「あ、行ってらっしゃいサクヤさん」

……本当にメイクを直したかっただけなのだが、普通にトイレに行ったと思われた……？

「ま……いっか」

気にしてもしかたがないので、化粧室の大きな鏡に向き直る。

今がずっと続けばいいいと、月並みながら心底そう思う。

ささっとメイクを直す。早くレイジのそばに行きたかった。

とはいえ、なかなか時間はかかる。

色々と済ませ、店内に戻れば入口近くにレイジがいた。

「……ん？」

見つけたことにほっとして、しばらくレイジを観察してしまうサクヤは気づく。

「ステップを踏んでる……？」

なんと、レイジがその場で軽く踊るかのようにリズムに乗っているのだ。

「レイジ、お待たせっ」

「うわぁあっ!?」

サクヤはさらにテンションを上げてしまう。

自分ばかり楽しんで申し訳ないとすら思っていたサクヤだったのだ。

けれどひとりになったときに、思わず踊り出してしまうくらいレイジも楽しんでいたなんて。

「次はどこに連れてってくれるの？」

思い切ってレイジと腕を組んだサクヤは、さらに彼氏に身を寄せた。

◆

「ねえねえ、見て？　あそこ小籠包《ショーロンポウ》の早食いをやってるけど」

「絶対にやりませんよ!?　口の中火傷《やけど》だらけになりますよね？　なんてことを考えるんですか
サクヤさん……俺を滅ぼす気ですか？」

「待って、考えたのは私じゃないのよ？」

「ほら、お店に先回りして仕込んで……」

「レイジ？　あんた私をなんだと思ってるの……？」

サクヤさんと交わす会話はいつも通り他愛《たあい》もないものだった。

だからサクヤさんが本当にこのお出かけを楽しんでくれているのかが解らなかった。

でも、不意にサクヤさんはぎゅっと腕を組んできた。

そこから伝わってくる感覚は、レイジの心を劇的に軽くする。

ふわっと。

だからレイジは決めた。

ランチを食べる場所の候補を、レイジは二つ用意していた。

ひとつはあらゆるサイトや口コミで評判がいい、ビルがまるごとレストランになっている豪《ごう》華飯店《かはんてん》。

そしてもうひとつは……、

「ここです」

「え……？」

路地裏と言ってもいい奥まった場所にある、小さな中華料理店。

さすがに普通の街中《まちなか》にあるそっけない中華料理店のような外観ではなく、周囲に合わせた中華街風ではある。

だが、お世辞《せじ》にも豪華とも言えず……。

「ここ、かなり美味しいらしいんですが……」

「あんた……」

まずい、調子に乗った!?　とレイジがとっさにサクヤの表情を窺《うかが》った瞬間、

「サイコーね！　入るわよ中に！」

どうやらレイジの思惑《おもわく》は当たったようだった。

なんかこういうの、サクヤさんは好きな気がしていたのだ……！

「ちょっと、やばい、めちゃくちゃ美味しいんだけど……！」

メニュー表は現地の人が使うような容赦《ようしゃ》ない手書きで異国の言葉。

店員さんもものすごい早口。

けれどなんとかスマホの翻訳《ほんやく》にかけて頼んだ品々は、見た目も味も本格的。

エビとなにかの野菜の炒《いた》め物。細く切った牛肉と筍《たけのこ》となにかのとろっとした炒め物。

お決まりの小籠包。奇妙な形の餃子《ギョーザ》とシュウマイ。大きすぎる切り身の載《の》った角煮丼《かくにどん》。

それらが出てくる皿がどれも適当。

だというのに、口の中が美味《うま》さであふれるというひと時が、今も続いている。

「こんな角煮食べたことない……。それなのにまるで我が家のよう！」

そして極めつけが、店内がものすごく雑然としているということ。

壁際の棚に積まれている雑誌や小物は、たぶんお店の主人の私物だ。

「そういえばサクヤさんの部屋ってこんな感じですしね……。くつろげたりするんですか？」

「え、待って、なんでレイジ、私の部屋の中知ってるの？？」

「だって、見てますいつも……」

「ちょっとレイジの部屋も見せなさいよ……！」

「じゃあ……はい、これです」

「は……？」

満腹になり、デザートの揚《あ》げパンに蜜《みつ》をかけたっぽいものを待つ間、レイジはスマホをサクヤさんに見せる。

「これ、レイジの部屋なの？」

「そうですけど……」

「なんか、キレイ……っていうか、なに？　なにもなくて殺風景というか……あ、待って、なんだっけ、デュエリストじゃなくて……待って！　思い出しそう！」

サクヤは口元に手を当て、

「思い出したミニマリスト！　もしかしてレイジ、ミニマリスト目指してんの？」

「実はそうなんです」

「なんであんた、ちょっと自慢げなの？　私の部屋、こんど掃除しに来なさいよ」

「いいんですか？　俺が掃除するなら、けっこうずかずか入らないとですけど……。クローゼットの中とか、ベッドの上とか……」

「え……、で、でもだめよ？　そういうのはまだ早いし……！」

「でも、片付けろって……。それに、なにが早いんですか？」

「だ、だから、付き合ったからって、すぐにそういうのは……」

「あ……デザートのパンみたいの、すごく旨《うま》いです！」

「ほんと……!?」

ふたりとも、大満足のランチとなった。

また絶対に来ようとチェックを入れ、店を出たレイジは再びスマホでマップを確認する。

「このあとですけど……、ちょっと海が見たくないですか？」

「えっと、それって……」

「そろそろ行こうかなって思うんです。『海風の香る浜公園』に」

◆

この源町の中華街と海辺へのお出かけは、レイジが初めて誘ってくれたデートだった。

だから、なにも期待していなかったと言ってしまうと嘘になる。

「ほんと、今日は晴れてよかったですね」

「そうね。ちょうどいい天気かも」

けれどなにか起こるんじゃないかと期待していた気持ちを、なにも起こらないひと時が凌《りょう》駕《が》していた。

『海風の香る浜公園』に併設《へいせつ》された真新しいカフェ。

オープンテラス席の一番海沿いにあった眺めのいいテーブルに案内された幸運よりも、サクヤはこうやってレイジとなんでもないことをやり取りできる今が嬉しかった。

「それで、メニュー決まりました？」

「ちょっと待って！　もう全部美味しそうなんだけど……特にこのアップルパイにアイス載っけてあるのと、見たことない形をしたこっちのティラミス……」

「……確かに迷いますね……」

「ねぇレイジ、あんたこっちのティラミスにしない？　私はアップルパイにするから」

「え？　ティラミスですか……？　俺もう胃と口の中が、自分で選ぼうとしてた苺《いちご》のミルフィーユの構えになってるんですけど……」

「その構えをといて、改めてティラミスの主神、マスカルポーネチーズにひれ伏しなさい」

言うが早いか、サクヤは店員を「すいません、注文いいですか～？」と呼び止めてしまう。

「えええぇ……っ。いいですよ？」

ケーキと一緒に選べるティーセットを注文するサクヤ。

遠くにウミネコの声が響く。

ウッドデッキに作られたオープンテラスは広く、海沿いの公園へ直接降りていくこともできた。

視線を遊ばせるサクヤに、レイジは「そういえば……」と切り出す。

「覚えてますか？　この公園って、すごく小さい時に来たことあるの」

「え……？　小さい頃？　私とレイジが……？」

「あとアヤトもいました。まだ俺の両親がちゃんと日本にいたころなんですけど」

「あ～……、そういえば……？」

「この公園で、アヤトとサクヤさんと俺の三人で一緒に迷子になったんですよね……」

こんなカフェはその時なかったですけど、と微笑《ほほえ》むレイジ。

「でも、俺たち迷子になってるなんて全然思ってなくて、三人でお小遣《こづか》い出し合って、あのシーバスっていうんですか？　水上バスに乗って、あっちの埠頭《ふとう》にまで行ったりして。……後でめっちゃ怒られたんですよね。それなのにサクヤさんだけちっとも泣かなくって」

「そんなこと、あった……？」

「え……覚えてないんですか？？　まさか俺のこれ、偽《にせ》の記憶ですか？」

「ちょっと待って、今思い出してみる」

なんかいける気がする。サクヤが軽く眉根を寄せて記憶をたどり、

「お待たせしました～。こちらティラミスのセットのかた……」

店員が注文の品を持ってきた時だった。

カーン……　カーン……　カーン……


カフェの屋根。

その上に作られた塔屋《とうや》の中の鐘《かね》が、午後三時を告げる。

高い鐘の音の余韻《よいん》が終わらないうちに、サクヤの耳をたおやかな弦楽器《げんがっき》の音色《ねいろ》が包む。

「へぇ～……」

いつの間にか、オープンテラスの片隅《かたすみ》にあった小さなスペース。

見ればそこはこぢんまりとしたステージで、生《なま》バンドの演奏がゆっくりと始まっていた。

「休日だからかしら……」

本当に今日は運がいいのかもしれない。

どこかで聞いたことのある洋楽のナンバーだ。

最初はゆっくりと。でもだんだんと明るくにぎやかになる曲。

「あの、サクヤさん……？」

「……？　どうしたのレイジ」

サクヤはレイジの雰囲気がさっきまでと少し変わっていることに気がつく。

――レイジの告白が、ここから始まる。

「はぁ……、なんとかなりそうだな」

「僕たちがこうして警護してるんです……。もしなにかあっても、事前に対処可能です」

◆

『海風の香る浜公園』にあるカフェのオープンテラスが観察できる海辺の一角。

姉を見守るアヤトの背後。

周囲を警戒《けいかい》するように見回すフウゴが、アヤトにうなずいた。

「(全ては僕の計算通り……)」

常に数人のメンバーを連れたフウゴは、彼らとアイコンタクトをとる。

警護対象のアヤトの姉とその彼氏は、カフェのオープンテラスの席に着き、くつろいでいる。

決定的な隙は、何度もあった。

あのくつろぐふたりにではない。

アヤトにであった。

フウゴの本当のターゲットは、アヤトだった。

彼を直接、屈服させる。

アヤトの姉はあくまでダミー。

本命はヘッドであるアヤトそのものだった。

気づかれるわけにはいかない。少しでも殺気を漏らすわけにはいかなかった。

決定的なその瞬間までは……。

「いや、まだ油断しねーほうがいいんじゃないっスかね……」

「ユキオ……？」

「あ、すいませんアヤトさん。……いや、なんとなくっスけど……。なんか平和過ぎっつうか
……」

アヤトの隣に佇《たたず》む金髪。岡田ユキオが首をかしげている。

「（こいつ、なんか邪魔ですね……）」

少しだけ計画とは違うが、フウゴは動く。

「なら、少し見回りしてみますか？　ユキオを含めてふたりくらいでぐるっと」

「あ～……いいかもしれないっスね。自分、行ってきます！」

◆

結果、ユキオのこの行動はファインプレーとなる。

「なんか、うまくいきそうでよかったっスねぇ……」

フウゴに一緒に行くように言われた彼の部下（?）と一緒に公園内を見回る。

怪しい集団や人物は見当たらないが……。もしかしたら、自分たちが怪しくうろつけば向こうが勝手に警戒して、どっかに行ってくれるかもしれないとも思う。

「はぁ……」

デートコースと名高い『海風の香る浜公園』を男同士で歩く切《せつ》なさは確かにある。

だが、アヤトの役に立てれば十分。

ユキオはアヤトの姉さんとレイジがいるカフェの周囲を中心にうろついてみる。

「(なんか言えよ……!)」

部下男は自分とほぼ同年代だろう。けれどかなり不愛想《ぶあいそう》だ。

ユキオに不満でもあるのか、自分のスマホに目を落としてこっちを見ていない。

確か佐々木《ささき》……、少なくとも佐々なんとかって名前だった気がする。

「(とりあえず仲良くなっておくか……)」

というかお前も周りを警戒しろよとも思いつつ、

「オゴるっスよ。なんか飲みません?」

自販機の前で、ユキオは佐々なんとかの分も出そうと財布を尻《しり》のポケットから引っ張り出す。

が、

「んあっ!? あ、クソ!」

ちゃりちゃりちゃりーん！　と、足元で小銭《こぜに》の跳ねる音が響いた。

財布が開きっぱなしだったのだろう。とっさにユキオがしゃがみ込んだその時、
ばぎゃんっ！　という破壊音が屈んだユキオのすぐ頭の上で炸裂《さくれつ》。

「はぁっ!?」

自分の上にのしかかるように佐々なんとかが腕を伸ばし、その腕が自販機にめり込んでいる。

「ちょっ!?　佐々……木!?」

しかも佐々なんとかはそのままビクビクと痙攣《けいれん》している。

「なにやってんの!?」

慌てて這《は》い出るように立ち上がるユキオの見たもの。

佐々なんとかが、なんだかいかつい金属の棒を自販機に突き立て、まるで電気を流されたみたいにじたばたしている。

「だ、大丈夫か佐々木ぃ～!!」

ユキオは思わず佐々なんとかの胴体を摑んで自販機から彼を引っこ抜く。

「あばばばばばば！」

明らかに感電、電気治療器を何百倍にしたかのような衝撃に巻き込まれるユキオは、佐々何んとかと一緒にアスファルトの上に転がる。

「お前どうした!?　なんで自販機をうおっ!?」

佐々なんとかが立ち上がりざま、下からその手に持った金属っぽい棒でユキオに襲いかかった。

「はぁっ!?」

俺ってもしかして攻撃受けてんの!?　……と、ようやくユキオは理解する。

最初の一撃は自販機を向いて佐々なんとかに背中を見せたユキオへの不意打ちだったのだ。

ユキオには、ずっと抱いている違和感があった。

そんな「なんか気持ちわりぃ」としか言えないものが今、ついに言葉になる。

「お前らが敵か……!?　ちょっ!!　やばいって!　どういうこと!?」

次々と繰り出される金属棒……たぶんこれスタンガンかなんかだよなぁ!?　からの攻撃をなんとか避《よ》けつつ、ユキオは混乱する。

だが、さっきの電気ショックで脳が活性化しているのか、彼はすぐに直感で理解する。

「(こいつら、アヤトさんを狙ってる!?)」

だから自分を遠くで始末《しまつ》して、アヤトさんを孤立させる。

「許せねえ……」

逃げ腰。引けていた下半身に力がこもる。

「マジで許せねえよ!!」

こんな武器持ったやつなんかとやり合いたくない。

本当はそのまま逃げ去りたいという気持ちを、「俺はサイキョーなんだぜぇ!?」という気合いでねじ伏せ、そんな弱い自分ごと佐々なんとかにタックル。

「うおおおお……っ!!」

まさかその体勢から逆襲《ぎゃくしゅう》してくると思っていなかった佐々なんとかは地面の段差に足をとられ、そのまま仰向《あおむ》けに倒れる。

手からこぼれるスタンガン。

「死ねぇえええ!!」

とっさにユキオはそれを奪い、馬乗りになった佐々なんとかの胸にそれを突き立てる。

「あばばばばあ!!」

佐々なんとかと一緒にユキオにもびくびくびくぅ!!　と衝撃が襲う。

だが、先に動かなくなったのは佐々なんとかだった。

「くっそ……!!　これ、使い方がいまいちよくわかんねぇ！　不良品なのか!?」

立ち上がるユキオ。

「アヤトさん……！」

戻らなければ。

ユキオはがくがくする膝《ひざ》をひっぱたきながら来た道を引き返す。

そしてそれを見る。

「アヤトさん……ッ!!　危ねぇ……ッ!!」

間に合わなかった。

「……!?」

ユキオの言葉に、確かにアヤトは反応した。

だが、とっさに気づいて避けようとしたアヤトの肩を、背後から襲いかかったフウゴのスタンガンがとらえる。

「アヤトさん……っ!!」

膝をつくアヤト。そのままスタンガンで小突《こづ》かれて、彼は地面にもんどりうつ。

距離は三十メートル以上離れている。

ここからなら姉さんとレイジのいるカフェの方が近いくらいだ。

「じゃあ、俺が……!?」

姉さんとレイジに知らせる!?

それしか、ない？

逃げろと？

レイジは確かに強いかもしれない。

いや、確実にあいつは強い。

だが今は姉さんがいる。

デートは台無しになるが、一刻も早く……。

カーン……　カーン……　カーン……

その時、

「は……？」

カフェの屋根。

そこに作られた塔屋の中の鐘が、午後三時を告げる。

「な……なんだ……？」

オープンテラスのその光景に、フウゴも立ち止まっていた。

ユキオも茫然《ぼうぜん》とする。

「なにが、始まったんだ……!?」

◆

「え……？」

レイジが見上げたカフェの塔屋の鐘の音。

サクヤが午後三時を示したその時計から視線を落とすと、店内に異変が起こっていた。

「これって……」

席に着いたお客さんにメニューを渡し、テラスから店内に戻ろうとしていた女性店員。

そしてカフェにひとりでやってきて、席を探していた営業風のサラリーマン。

公園にジョギングに来ていたのか。スポーティなランニングウェアに身を包み、外に繋《つな》がる入口からテラスにやってきた男性。

三人の人物が、動作の途中でぴたりと停止していた。

女性店員の笑顔も、サラリーマンがひそめた眉も、汗をぬぐう男性の手も不自然に固定されている。

「レイジ……?」

慌ててレイジを見れば、彼もその光景に戸惑《とまど》っている様子だった。

他のカフェのお客さんも、なにが起こっているのかとざわつき始める。

もちろん生バンドの演奏も止まってはいなかった。

店員、サラリーマン、ジョガーだけが銅像のように固まっていて……。

ふいに生バンドの曲が転調。

店内から軽やかに女性客のひとりが軽やかにオープンテラスに躍《おど》り出た。

文字通り、躍り出た彼女は、バレエダンサーのような手ぶり、足取りで固まったままのサラリーマンの周囲をくるりと回る。

その瞬間、サラリーマンが突如《とつじょ》動き出す。

ぱっと跳ねるとそのまま予想外にも、突き出たお腹《なか》に似合わないブレイクダンスでステップを踏む。

そして女性店員がジャズ系のステップで情熱的に身をひるがえすと、ジョガーの男性がヒップホップ系の動きで周囲に笑いかける。

「え……」

そのダンスは生バンドの演奏とリンクしていた。

四人のプロと思《おぼ》しき揃《そろ》いきったダンサーの舞《まい》に、サクヤは某テーマパークのダンスパレードのようなお祭り感、フェス味を感じるが……。

「これって、ええと……」

フラッシュモブ？　他のお客さんのささやきでサクヤも思い出す。

生で見たのは初めて。

というか初めての遭遇《そうぐう》にして、なにかのイベントに巻き込まれているらしい。

「わぁあ……っ！」

とテラスの一角で声が上がる。

さっきまで静かにしていた家族連れ。そのテーブルにいた子供たちが一斉《いっせい》に立ち上がってダンスに加わった。

興奮した子供が暴走したのかと思いきや、すぐにフォーメーションを組んで振り付けが揃う。

元気いっぱいな子供たちの笑顔とダンスに思わずサクヤも笑みをこぼす。

「なんか、すごいですね……」

「ね……！」

レイジの声にサクヤもうなずく。

その時ぴくっと、レイジが視線をテラスの一角に向けた。

別の異変がそこにあった。

フラッシュモブは街中で唐突《とうとつ》に起こる。

本来はステージでもないオープンテラスで踊り始めれば、それが好意であったとしても、その騒ぎを単純に迷惑だと感じる人がいたとしてもしかたない。

ひとりの老人が眉をしかめて席を立とうとしていた。

それを悟った店員が、そっとそのおじいちゃんを店内へ導こうとしているのに急におじいちゃんはかぶっていた帽子を放り投げて激しいステップでダンサーの真ん中に飛び込み逆立ちして脳天を地面についてコマのようにぐるぐる回転し始めた！

「おじいちゃんも!?」

生バンドの演奏も激しくなり、フラッシュモブも佳境《かきょう》に突入したようだ。

関係ないと思っていたお客さんたちが次々とダンスに加わり、パフォーマンスの輪《わ》が広がってゆく。

港町だからなのか。なぜかヒゲやアフロヘアで筋肉ムキムキの船員軍団が次々とマッチョポーズ&ダンスで加わり、もうスペース的にこれ以上ムリ？　と思ったところで、

「あ……」

サクヤの視線の先。

自分たちの隣の席に座っていた男女のカップルの男性が立ち上がり、うやうやしく女性の手を取った。

ダンサーたちはステップを踏み、手をクラップしながらその隣のカップルを見ている。

「ねえレイジ、ひょっとして……」

「はい……」

隣のカップル、男性が企画したフラッシュモブに、自分たちはどうやら巻き込まれたらしい。

男性に手を取られた女性は驚いたようにもう一方の手で口元を押さえ、男性に誘《いざな》われてダンサーたちの中心に歩み寄っていく。

サクヤはなぜか胸がいっぱいになった。

これまで「フラッシュモブって、なんかねぇ～……」という気持ちがサクヤの中にはあった。

けれど実際にここまでエンターテインメントしているとは思っていなかったし、そこに込め

られた熱量と想いに心打たれていた。

嬉しい場所に居合わせたな……と、驚きと感動の表情に満ちた女性に視線を戻すと、くるっと男性に手を取られた女性がターン、華麗《かれい》なタンゴのステップに舞う紙吹雪《かみふぶき》！

「はっ!?」

次の瞬間、さらに生バンドの曲が転調。

紙吹雪が残る空の下、ダンサーの作る半円の中心に最後のひとりが飛び込んだ。

「レイジ!?」

真剣な表情でレイジがステップを踏んでいた。

まさか、とサクヤは思って、それ以上なにも考えられなくなる。

彼が刻むステップ。

それは、サクヤが化粧に行って戻ってきたときに彼がウキウキと踊って――いや、練習していたあの時のもの。

「ちょっとネタバレしてたんじゃん……!!」

「あの時は本当に焦りました!!」

言いながら、レイジのステップに淀《よど》みはない。

あらゆるアクティビティを初見でこなす器用さと才能をもつ彼である。

筋肉を誇示《こじ》するいかついダンサー集団が巡って彼を担《かつ》ぐようにしてフォーメーションを組む。

「あ、あれ……？」

ふとサクヤはなにかを思い出しかける。このマッチョ集団、どこかで見覚えが……。

「こちらへ……」

ふと声がした方を見ると、最初に固まった女性店員がサクヤを導いている。

「あ、はい……」

戸惑いながらついていくと、いつの間にかオープンテラスに赤い絨毯《じゅうたん》が敷いてある。

その向こう側に、小さな花束を持ったレイジが立っている。

「信じられないんだけど……」

なんと言っていいかわからなかった。

やられた……。

胸がいっぱいになる。

ダンサーたちが左右につくる花道を、レイジがこちらに向かって歩いてきた。

◆

「……は？」

フウゴは茫然と立ち尽くす。

突如、カフェのオープンテラスで祭りのような騒ぎが起こっていた。

フラッシュモブといっただろうか。

遠くで岡田ユキオもあっけに取られていた。

——ここまで全て計画通りだった。

想定外の因子であるユキオを遠ざけ、こちらに背中を預け切ったアヤトの不意を打つ。

信頼を裏切ることに多少の罪悪感はあったが、その優しさがトップに立つ者には相応《ふさわ》しくないとフウゴは判断していた。

アヤトは人を信用しすぎる。

スタンガンに打たれたアヤトは、しばらく動くことはできないだろう。

目的はこれで達成されたも同然。

彼の影響力はこれで低下する。その揺らぎを見逃さず、実質的なトップに自分が収まる。

ここでさらにアヤトの姉にも丁寧に協力してもらい、だめ押しをしておく。

自分の影響力は盤石《ばんじやく》になり、計画通りの秩序で『太異喰雲《タイクーン》』は動くようになるだろう。

だというのに——

「いや……この流れに乗ります！　僕は臨機応変《りんきおうへん》もできる男なんです！」

アヤトが動けない今しかチャンスはなかった。

ユキオという不確定要素もある。彼は佐々木に排除させたはずだが、ここにいるということはミスったのだ。

　しかも突如のフラッシュモブによって崩れそうになる計画。

　このままではアヤトの姉に近づけない。

「……そう、待ってください。本当にそうでしょうか」

　あたかもこのフラッシュモブの一員のように、あの一団に潜り込めば……！

「けど僕に踊れるか……？　……いや、踊るんです……！」

　と、フウゴが覚悟を決めたその時、

「そ、そんな、まさか……！」

　自分が揃えた手駒《てごま》のひとりが、じりっと後ずさる。

「どうかしたんですか……？」

「あ、あれ……あそこにいる、マッチョは……!!」

　示される指先。

　その先に、確かにフラッシュモブにしては筋肉がつきすぎている一団がいる。

「あ、あのアフロ……、う、有働幸次《うどうこうじ》……!!　有働幸次ですよ!!」

「は……？」

　有働幸次。ライトミドル級リアルキングトーナメントで優勝経験もあるプロのキックボクサーである。

よく知っている。なぜなら、ファンだから。

でも、なんでここに!?

「隣の髭《ひげ》は、SATORUですよフウゴさん……!」

「そ、そんな、まさか……!!」

元プロレスラー。今は総合格闘家であり初代ヘビー級チャンピオン・オブ・デストロイヤーSATORUを、フウゴは崇拝していたと言っていい。

街中で無頼《ぶらい》を気取る武闘派集団に属しているのだ。

強い存在に憧れてしまうのは自然の流れ。

見間違えるはずがない。あれは確かにオネエ系格闘家のSATORUだ。

一瞬、自分が今なにをしている最中なのかも忘れ、踊る格闘家を前に茫然としていると、

「待ってください！　その隣にいるのは元小結《こむすび》の万重電《まんじゆうでん》だし、その隣はベルリンヨガマイスター選手権三年連続制覇《せいは》した木森楽斗《きもりがくと》ですよ!?」

「なぜ……。ま、まさか……！」

計画が全て漏れ出していたばかりか、隠し玉の護衛として、日本最強の存在を自分の姉に
……!?

「お……まえら……」

その声に、びくっとフウゴたちは身体を震わせる。

立ち上がれるわけがない。だが、彼は今、確かに立ち上がろうとしている。

「アヤトさん……！」

「お前ら……何をしたのか、わかってんだろうな……」

「ま、まさか……」

計画性、戦略性。そしてどこまでも深いコネクション……。

この人は、全てにおいて自分を上回っている⁉

「こ、こんなの……！」

「フウゴさん……⁉」

「こんなの、計画にありません……っ！」

「ま、待ってくださいフウゴさん……‼」

逃亡。

戦わずに敗走を選択させられた。

アヤトさんには、叶《かな》わない……‼

そう悟った瞬間、フウゴは涙目で逃げ出していた。

◆

フウゴとその手駒たちが逃げ出し、姿を消すのを見送り、

「はぁ……はぁ……、なんだかわからねぇけど……レイジが仕込んでたのか……？」

座り込む。

アヤトも全てを知っているわけじゃなかった。

だが、きっとあのレイジが通うジムを経由して手配したのだろう。

プロの格闘家がフラッシュモブに交じっている。

あれでは腕っぷしに自信のないフウゴが手を出すことは不可能だった。

「アヤトさん……！」

逃亡したフウゴと入れ替わるように駆け寄ってきたのはユキオ。

「大丈夫っスか!?」

「……ああ、お前のおかげでな」

「え……？」

アヤトはあの時、ユキオの声でとっさに身をひねることができたからこそ、スタンガンの直撃を受けずに済んだのだ。

そうでなければもっとダメージを受けていたはずだ。

もしも今のタイミングで自分が立ち上がれなかったら、また違う展開になったかもしれない……。

「ＭＶＰはお前のものだよ……」

「そ、そうなんスか……？」

わけがわかっていないが照れた様子のユキオをよそに、アヤトはクライマックスに入ったらしいフラッシュモブの展開を眺める。

「レイジ……、……うまくやれよ」

◆

花束を持ったレイジが目の前で立ち止まる。

「すいませんサクヤさん、驚かせてしまって」

「ま、まあ、かなりびっくりしたけど……」

本当に今も信じられなかった。

レイジがここまで、やってくれるなんて。

「でも、自分でもきっかけが欲しくて……。俺、ようやく自分の気持ちに気がつけたんで」

「レイジ……？」

「俺、自覚できたんです。そしたら、ちゃんと伝えなきゃって」

なぜか盛り上がるダンサーの一角。

見ればマッチョの一団。

「あ……」

その時サクヤはようやく気がつく。

この人たち、全員ジムのトレーナー!?　なにいい顔で笑ってんの!?

「サクヤさん……?」

「あ、ごめんレイジ……。えっと……自覚したって?」

「はい。……俺、初恋の相手がサクヤさんだったんです」

息が止まる。

「小さい頃から俺をいつも構ってくれて、それがすごく嬉しくて……」

「そのころから俺、ずっとサクヤさんのことが好きだったんです」


「レイジ……」

「俺からも、もう一度告白させてください。サクヤさん、ずっと好きでした。……俺が彼氏で、いいですよね?」

「うん……うん！　私、レイジがいい……っ」

「じゃあ、これからもよろしくお願いします」

そう言って目の前にレイジが差し出したのは、小箱に入った指輪だった。

「ちょ、ちょっと……！」

ためらうのも一瞬。レイジは指輪をつまみ、微笑んだ。

思わず手を差し出す。

その手を優しくとり、レイジはすっと指に指輪を通してきた。

「もう……っ」

ダンサーはもちろん、一般のお客さんからも盛大な拍手と歓声を受けながら、

「ありがとう、レイジ……」

サクヤは全力でレイジを抱きしめたい欲望と、今そんなことしたら、人前でそれ以上のことをしてしまうかもしれないという自分の中の暴走サクヤと戦っていた……。

見てこれ指輪!!すごくない!?
ちょ、ちょ、ちょっと…!!
レイジから告白されたんだけど!!
うわぁ…
お、おちつけ姉貴…
フー
フー
あ、ありのまま起こったことを話すわっ!
私が、付き合って!と告白したと思ったらいつの間にか告白されていた!
わ、私がなにを言ってるかわかる!?
これ、どこから攻撃を受けてるの!?
わかるから落ち着けって!
つまりこれは…け、結婚ということ!?
姉貴、今日は早めに寝ような…!
★なお、眠れなかった模様——!!

エピローグ

Epilogue

この物語の主人公、平宮《ひらみや》レイジの耳から、

「陰《いん》キャとて人の心はあり申す！　心残りはしかたがないではないか！」

というクラスメイトが放課後に発した言葉が、いつまで経《た》っても消えないのはなぜ？

（それは俺がブサイクな陰キャなのに、彼女ができたってみんなに報告したからだろうなぁ……）

レイジは最寄《もよ》り駅に到着した電車からホームに降り立ち、祝福してくれた友人たちを思い出す。

もちろん祝ってもらえたとはいえ、みんなにヘッドロックを決められながら質問責めになりながらだが。

電車の扉を開けるために練られた圧縮空気と一緒に、レイジは息をつく。

そして、その報告には後日談《ごじつだん》がある。

それが今日の放課後起こった出来事。

レイジに彼女ができたことにより、陰キャフレンズたちに変化が起きていたのだ。

今日みんなにとある報告をしてきたのは、伊藤《いとう》ユウタ（仮）。

そう、リアル美少女に恋をして、恋敗《やぶ》れてしまったあのフィギュア好きの友人だ。

誇り高き陰キャオタクであった彼は、勇気を振り絞《しぼ》って行動したが、お友達になる遙《はる》か手前で粉々《こなごな》に砕《くだ》け散っていた。

だが、そんなことがあっても、その秘めたる思いには一ミリも欠けたところがなかったのだ。

確かに彼は過去に、学校に想い人＝美少女Aがコスプレした元ネタキャラのフィギュアを持ってくるという暴挙に出た。

それは確かにやりすぎた。たった一言で瞬殺《しゅんさつ》された。

けれど彼の心までは殺せなかった。

レイジが年上の女性と付き合うことになったと正直に友人たちに打ち明け、よってたかって祝福された後に、伊藤ユウタ（実は本名）が放ったのが今もレイジの頭の中から離れないあのセリフである。

「陰キャとて人の心はあり申す！　心残りはしかたがないではないか！」

そして彼は今日、放課後の陰キャ集団の中で再び一体のフィギュアを持ってきた。

場がどよめく。

それは彼がフルスクラッチ。つまり、素体《そたい》から作り上げたフィギュアだったのだ。

作り上げていたのは美少女A。

つまりアニメキャラなどではなく、リアルの人物を模《も》したフィギュア。

その出来栄《できば》えに一同は息を呑《の》む。

まだまだ出来は粗《あら》い。もちろんだ。一朝一夕《いっちょういっせき》で、できることじゃない。

だがセンスがあった。全然だめじゃなかった。

伊藤ユウタの作品は、オタクの審美眼《しんびがん》に耐えた。

しかも彼はフィギュア収集家だったはずだ。それが、クリエイターに化けていた。

もう、めっちゃキモイ。

だが彼は、貫《つらぬ》き通して突き抜けることを選んだ。

その覚悟は見事という他なかった。

それから場はユウタを励《はげ》まし讃《たた》える会となった。

そのため、いつもより遅い、夕方をとっくに過ぎた駅の改札を抜けるレイジ。

コンビニで十一個入りのみんなで分けるタイプのプチシュー詰め合わせを買った今もリフレインが止まらない。分けるタイプなのに十一！　よりによって素数《そすう》！　というツッコミの意識も薄い。

恋など。

恋などレイジを含む陰キャフレンズたちには無縁《むえん》の光だったのだ。

世間《せけん》は陰キャに冷たい。

……そう、興味がない。

だが貫き通すことはできる。

その一念を持つことは自由だ。

それがこの世界なのだ。

「厳しい……」

レイジは改めて、友人が放った言葉を胸に刻《きざ》む。

そして、その一念を持つためにずっと助けてくれてた友人が自分にはいる。

平宮レイジにとって、それは幼馴染《おさななじ》みの南条《なんじょう》アヤトだ。

彼がずっと自分とサクヤさんの背中を押し続けてくれたことを、レイジはようやく自覚することができていた。

身近にいる人ほど、何を感じて何を思っているかはわからないものだと知ったばかりのレイジだ。

きっとアヤトに対してもこれから色々なことに気づいていくのだろうと思う。

レイジは今、そんなアヤトの家に向かっていた。

これまではアヤトと週末にかけて泊まりがけで遊ぶために。

今ではそこに、もうひとつの理由が追加されている。

昔から通い慣れた道を進み、青い屋根の一軒家の前にたどり着く。

インターホンは去年、リフォームの際に新しくされたものだ。


ピンポーン♪


クリアなチャイム音で、レイジは呼びかける。

『はーい』

聞こえてきたのは女性の声。アヤトの姉のものだ。

「レイジですけど、遅くなりました」

『はぁ？　今何時だと思ってるの？』

「そうですか、じゃぁ……」

レイジはそう言って、インターホンから離れる。

「ちょ、ちょっと！　なに帰ろうとしてんのよ！　冗談でしょ……!?」

突然玄関の扉が開き、大学生くらいの女性が姿を現した。

「サクヤさん……」

親友であるアヤトの姉、南条サクヤだった。

彼女はいつも漂わせている「できる美人のお姉さん」オーラを今日もいかんなく解き放って

いる。

レイジは思わず、そのオーラに
「うわ……」

と今日も気圧《けお》される。

キラキラな人種。

いわゆる陽《よう》キャが目の前にいるため、心なしか動悸《どうき》も激しくなってしまう。

——いや違う。違うのだ。このドキドキ。そう、実は昔から……。

「な、なによ人に向かってそのうめき声は……」

「あ、いや……、えっと、今日もサクヤさん……美人だなと思って」

「な……、なに言ってるの……!?」

ぷいっと顔を背《そむ》けるサクヤさんに、

「入ってもいいですか?」

「も、もちろんでしょ……?」

「じゃあ、おじゃまします」

レイジもとっさにサクヤさんから顔を背ける。

思わず浮かんでしまった小さな笑みを見せないようにするために。

なぜならレイジは、ついこの間までサクヤさんからものすご～く嫌われていると思い込んでいたから。

「さ、早く上がってよ」

ほらこの威圧《いあつ》感。

けれどそこにある温かさを、今ならきちんと受け止められるようになっていた。

「あ……あれ？」

そのはずなのに。

レイジは玄関先で立ちすくむ。

なぜなら目の前には、壁によりかかるようにしてこっちを見ているサクヤさん。

別にいじわるで通せんぼしているわけではない。

……はずなのに。

「ちょ、ちょっとサクヤさん、そこにいたら、通れないです」

「そう？　十分通れるでしょ？」

サクヤさんの言う通り廊下に隙間《すきま》は十分ある。前に進めないわけじゃない。

でもすっごくジャマなのだ。

特に、大きく主張しているサクヤさんの胸部装甲《そうこう》が……。

「わ、わざとですか？　俺を試してるんですか？」

「なんのこと……？」

「う……」

どうしてだろう。今まではこんなに緊張していなかった。

サクヤさんと付き合っているはずなのに、なぜ今までで一番緊張してしまっているのか。

「あ、わっっ！」

痺《しび》れたように足がもつれて思わず手をついてしまいそうになり、

「ひゃん……っ！　レ、レイジ!?　今、当たっ……」

「す、すみませんすみません……!!　あ、あの、これ飲んでいいですから！」

レイジは慌《あわ》ててさっきコンビニで買ってひと口だけ飲んだスポドリを差し出す。

「い、いやよ……！」

「いやなんですか!?　今までごくごく飲んでたじゃないですか……！」

「いいからいやなものはいやなの……っ！」

「ええ……っ」

「あ、そ、そういう、意味じゃなくて……」

まるでそのまま壁際に追い詰められているかのようにサクヤは視線をそらし、

「は、はずかしぃ……じゃない……」

「……え？　サクヤさん……？」

「もう！　わかったわよ、飲めばいいんでしょ飲めば!!」

「あ、いや……！　そういう意味じゃ……ちょっ！」

止める隙もなかった。

サクヤはレイジのスポドリに口をつけ、コクコクと飲んでしまっていた。

「ほ、ほら……返すわよ？」

顔を真っ赤にしてそっぽを向き、スポドリをこっちに突き出しているサクヤさん。

なんだろう、今日は全体的に変だ。

一週間前に『海風の香る浜公園』できちんと自分からも告白してから、サクヤさんの変な感じは加速している気がするのだ。

レイジは思わず、アヤトの帰宅を願ってしまう。

「（アヤト……！　早く来てくれー……!!）」


がちゃがちゃ……っ。


ふいに、誰かが玄関のカギを開けようとしている音が届く。

「っ！」

レイジはそれが、幸福を告げる天使のラッパに聞こえた。

アヤトが帰って来たのだ。

「（よかった……!!）」

「ただいま～っ」

姿を見せたのはやはりアヤト。

「あ、レイジもう来てたん？　早かったじゃ……、……あ、俺、ちょっと忘れもん……」

「え……っ!?」

「今日は俺、戻らないかも……」

「はぁ!?　どうしたのアヤト!?　……って」

とっさにレイジは背後を振り返る。

さっきアヤトは自分ではなく、たしかサクヤさんの顔を見て言葉をひるがえした気がする！

だが……、

「どうしたの？　レイジ」

とっさに確認したサクヤさんの表情は、不自然に普通だぁ……！

「じゃ、じゃあ俺、行くから！」

「ま、待ってアヤト……！　アヤトが行っちゃったら俺、サクヤさんとふたりっきりで
……！」

ぐいっと、アヤトを追いかけようとした手が引かれる。

「えっ？」

レイジは腕を、サクヤにつかまれていた。

「ねえ、レイジ。あのさ……」

サクヤの次のセリフを、レイジは死ぬまで忘れることができない。

「今夜、ふたりっきりじゃ、だめ……？」


……この時、レイジはそれでもアヤトを追いかけることもできたはずだ。

けれどレイジはその選択をしなかった。

自分の判断は、果たして正しかったのだろうか。

レイジは後年、そう思い返す時がある。

結果からしてみれば、それは正しい判断だったんじゃないかと、レイジは思っている。

そしてやはり、彼が自分の回顧録《かいころく》を書いたならば、彼はその内容を一言でこう表すだろう。

これは、俺とサクヤさんがラブラブな夫婦になるまでの物語だ。……と。

聞かないで…！
あのあと、レイジとふたりっきりでどうなったのかは聞かないで…！
うっうっ…
え、でも俺
どうなったか知ってますけど…
ビクッ
ち、ちがうから！
本当は一晩中スモブロに熱中してたかったんじゃなくてぇ～！
だ、だって恥ずかしくて…っ！
もうそろそろ寝よっか…
とか言ったら絶対誤解されちゃってレイジの抑えがきかなくなっちゃうかもだし……！
ハァ
ハァ
ハァ
ハァ
寝かさないぜ――…！
※サクヤビジョン
だから朝まで…
誰…っ
言わないでぇ…っ!!
わあああん
あ…
サクヤさん…!?
ぴゅ～！
★走れサクヤ、明日に向かって――…！走れ！

あとがき

言葉とか他人に対する態度って本当に難しいですよね。

思っていることを伝えたいとき。

伝えたくないとき。

伝えたいのに、伝わらないとき。

そこには色々なドラマが生まれます。

この物語は、そんな『伝えたいこと』に対して若者たちがもにゃもにゃするお話です。


どうもこんにちは。作家のおかゆまさきと申します。

この小説を手に取った方々は、もしかしたら小説を手に入れたのが初めてという人が多いかもしれません。

この『友達のお姉さんと陰キャが恋をするとどうなるのか?』は、YouTubeチャンネル『漫画エンジェルネコオカ』で大人気の動画を小説化したものです。

原作のネコオカさんが執筆されたものを、私がリメイク動画として脚本を書かせていただき、その流れで小説とさせていただいたものとなります。

いつもの漫画とは違う、小説で語られるレイジくんとサクヤさんの物語はいかがだったでしょうか。

気に入っていただいて、また続きが読みたい……！　と思っていただけましたら幸いです。

この小説が完成するまでには、たくさんの方にご助力をいただきました。

担当編集の日比生《ひびう》様。イラストレーターの長部《おさべ》トム様。漫画家のまめぇ様。そして『漫画エンジェルネコオカ』の皆様。

素晴らしい能力を持つ皆様の全力サポートのおかげで、このような作品を読者の皆様にお届けすることができました。

そしてなにより、この『友達のお姉さんと陰キャが恋をするとどうなるのか？』という作品を応援し続けてくださった皆様に最大級のお礼を。

ありがとうございます。皆様のお力で、この作品はここまで来ることができました。

レイジくんとサクヤさんのこれからを、どうぞよろしくお願いいたします。

この物語を好きになってくださった皆様のためにも、その期待に応《こた》えられるよう、私も精《しょう》進《じん》していきたいと思います。

おかゆ　まさき

"友姉"
発売おめでとう
ございます!
Tom

祝★友姉発売!!
よろしく
お願いします!
がんばれ
サクヤさん!!

ダッシュエックス文庫

友達のお姉さんと陰キャが恋をするとどうなるのか？

おかゆまさき

2021年6月30日　第1刷発行

★定価はカバーに表示してあります

発行者　北畠輝幸
発行所　株式会社　集英社
〒101−8050　東京都千代田区一ツ橋2−5−10
03(3230)6229(編集)
03(3230)6393(販売／書店専用) 03(3230)6080(読者係)
印刷所　凸版印刷株式会社

ISBN978-4-08-631417-6 C0193

ダッシュエックス文庫

モンスター娘のお医者さん3
折口良乃
イラスト／Z《ぜっ》トン

モンスター娘のお医者さん4
折口良乃
イラスト／Z《ぜっ》トン

モンスター娘のお医者さん5
折口良乃
イラスト／Z《ぜっ》トン

モンスター娘のお医者さん6
折口良乃
イラスト／Z《ぜっ》トン

風邪で倒れた看護師ラミアの口内を診察!? 卑屈な単眼少女が新たに登場のほか、厄介な腫瘍を抱えたドラゴン娘の大手術も決行!!

街で【ドッペルゲンガー】の目撃情報が続出。同じ頃、過労で中央病院に入院したグレンは、ある情報から騒動の鍵となる真実に行きつく。

鬼変病の患者が花街に潜伏!? 時同じくして謎の眠り病が蔓延し、街の機能が停止しサーフェも罹患! 町医者グレンが大ピンチに!

水路街に毒がまかれる事件が起きた。容疑者のひとり、グレンの兄が現われ事態が混迷を極める中、助手のサーフェが姿を消して…!?

ダッシュエックス文庫

俺の家が魔力スポットだった件
～住んでいるだけで世界最強～
あまうい白一
イラスト／鍋島テツヒロ

俺の家が魔力スポットだった件2
～住んでいるだけで世界最強～
あまうい白一
イラスト／鍋島テツヒロ

俺の家が魔力スポットだった件3
～住んでいるだけで世界最強～
あまうい白一
イラスト／鍋島テツヒロ

俺の家が魔力スポットだった件4
～住んでいるだけで世界最強～
あまうい白一
イラスト／鍋島テツヒロ

強力な魔力スポットである自宅ごと召喚された俺。長年住み続けたせいで異常に貯め込んだ魔力で、我が家を狙う不届き者を撃退だ！

増築しすぎた家をリフォームしたり、幼女竜と杖を作ったり楽しく過ごしていた俺。それを邪魔する不届き者は無限の魔力で迎撃だ！

黒金の竜王アンネが隣人となり、異世界マイホーム生活は賑やかに。でも、戦闘ウサギに新たな竜王の登場で、まだまだ波乱は続く⁉

今度は国を守護する四大精霊が逃げ出した‼強い魔力に引き寄せられるという精霊たちは、当然ながらダイチの前に現れるのだが…？

俺の家が魔力スポットだった件5
～住んでいるだけで世界最強～
あまうい白一
イラスト／鍋島テツヒロ

俺の家が魔力スポットだった件6
～住んでいるだけで世界最強～
あまうい白一
イラスト／鍋島テツヒロ

無駄飯食らい認定されたので愛想をつかし、帝国に移って出世する
～王国の偉い人にはそれが分からんのです～
相野 仁
イラスト／マニャ子

社畜、ダンジョンだらけの世界で固有スキル『強欲』を手に入れて最強のバランスブレーカーになる
～会社を辞めてのんびり暮らします～
相野 仁
イラスト／転《くるり》

盛大なプロシアの祭りも終わったある日のこと。今度は謎の歌姫が騒動を巻き起こす…!? 異世界マイホームライフ安心安定の第5巻！

リゾートへ旅行に出かけた一行。バカンスを楽しむはずが、とんでもないものを釣りあげてしまい!? 新たな竜王も登場し大騒ぎに！

ブラック労働の王国から、完全実力主義の帝国へお引っ越し！ やりがいある環境で、王国で無価値とされた魔法を使って立身出世！

薄給で酷使される生活に嫌気がさして挑んだダンジョン攻略で、チートなスキル『強欲』をゲット!? 元社畜の成り上がりが始まる！

ダッシュエックス文庫

劣等眼の転生魔術師
～虐げられた元勇者は未来の世界を余裕で生き抜く～
柑橘ゆすら
イラスト／ミユキルリア

劣等眼の転生魔術師2
～虐げられた元勇者は未来の世界を余裕で生き抜く～
柑橘ゆすら
イラスト／ミユキルリア

劣等眼の転生魔術師3
～虐げられた元勇者は未来の世界を余裕で生き抜く～
柑橘ゆすら
イラスト／ミユキルリア

劣等眼の転生魔術師4
～虐げられた元勇者は未来の世界を余裕で生き抜く～
柑橘ゆすら
イラスト／ミユキルリア

眼の色によって能力が決められる世界。未来に魂を転生させた天才魔術師が、魔術が衰退した世界で自由気ままに常識をぶち壊す！

成り行きで魔術学園に入学したアベル。だが最強の力を隠し持つ彼を周囲の人間が放っておかない！　世界の常識をぶち壊す第2巻！

最強魔術師アベル、誰にも心を開かない「氷の女王」に懐かれる!?　一方、復讐を目論むテッドの兄が不穏な動きを見せていたが…？

古代魔術研究会に入会し充実した生活を送るアベル。だが上級魔族が暗躍し、その矛先が夏合宿を満喫する研究会に向けられる…！

劣等眼の転生魔術師4.5
～虐げられた元勇者は未来の世界を余裕で生き抜く～
柑橘ゆすら
イラスト／ミユキルリア

劣等眼の転生魔術師5
～虐げられた元勇者は未来の世界を余裕で生き抜く～
柑橘ゆすら
イラスト／ミユキルリア

異世界エルフの奴隷ちゃん
柑橘ゆすら
イラスト／夜ノみつき

異世界エルフの奴隷ちゃん2
柑橘ゆすら
イラスト／夜ノみつき

転生前のアベルを描く公式スピンオフ前日譚。孤高にして敵なしの天才魔術師が立ち向かった事件とは!? 勇者たちとの出会い秘話も!!

国内最高峰の魔術結社「クロノス」からスカウトを受けるも一蹴するアベル。一方、学生にとっての一大行事、修学旅行が始まって!?

チートなご主人さまと、エルフと犬耳なふたりのかわいい奴隷ちゃんによる、ちょっぴりエッチでときどき腹黒(?)な日常コメディ!

新しいダンジョンに行こうとしないご主人さまのチート能力を狙うアヤシイ奴らが登場!? どうなる、エルフちゃんの平穏ライフ――!

ダッシュエックス文庫

最強の種族が人間だった件1
エルフ嫁と始める異世界スローライフ
柑橘ゆすら
イラスト／夜ノみつき

最強の種族が人間だった件2
熊耳少女に迫られています
柑橘ゆすら
イラスト／夜ノみつき

最強の種族が人間だった件3
ロリ吸血鬼とのイチャラブ同居生活
柑橘ゆすら
イラスト／夜ノみつき

最強の種族が人間だった件4
エルフ嫁と始める新婚ライフ
柑橘ゆすら
イラスト／夜ノみつき

目覚めるとそこは〝人間〟が最強の力を持ち、崇められる世界！　平凡なサラリーマンがエルフ嫁と一緒に、まったり自由にアジト造り！

エルフや熊人族の美少女たちと気ままにスローライフをおくる俺。だが最強種族「人間」の力を狙う奴らが、新たな刺客を放ってきた！

新しい仲間の美幼女吸血鬼と仲良くし、エルフ嫁との冒険を満喫していた葉司だが、ついに王都から人間討伐の軍隊が派遣されて…!?

宿敵グレイスの計略によって、かつて全人類を滅ぼした古代兵器ラグナロクが復活した。最強種族は古代兵器にどう立ち向かうのか!?

6月刊 2021年 YJC ダッシュエックスコミックス
大好評発売中!!
DASH X COMIC INFORMATION
禁断のチート能力で
絶賛無双中!!
くじ引き特賞：
無双ハーレム権⑤
原作／三木なずな（GA文庫／SBクリエイティブ刊）
漫画／長谷見亮
キャラクター原案／瑠奈璃亜
あらゆる能力が777倍になるチートな
スキルを獲得して異世界に転生したカケル。
無敵の力で敵はクールに一掃、
魅せられた美少女たちとは
ホットに無双して突き進む!!
最強魔物使いが仲間を集めて育成!?
異世界モンスターブリーダー④
～チートはあるけど、のんびり育成しています～
原作／柑橘ゆすら（GAノベル／SBクリエイティブ刊）
漫画／とうのきり キャラクター原案／かぽちゃ
天才魔族医の若き日を描く前日譚!
モンスター娘の
お医者さん0②
原作／折口良乃 漫画／木村光博
キャラクター原案／Zトン・ソロピップB
人間パワーで全てを叶える無双劇!
最強の種族が
人間だった件⑦
原作／柑橘ゆすら 漫画／音乃夏
コンテ／猫箱ようたろ キャラクター原案／夜ノみつき
美少女奴隷たちがご主人様を調教!?
裏切られたSランク冒険者の俺は、愛する奴隷の
彼女らと共に奴隷だけのハーレムギルドを作る③
原作／柊 咲 漫画／川田暁生
キャラクター原案／ナイロン
水曜日はまったり
ダッシュエックスコミック
ニコニコ漫画にて大好評配信中!!!!
水曜日はまったりダッシュエックスコミック で検索!